BIANDI FENGQING SANWEN XILIE
ERFENZHIYI XUEYE HE
GUDU DE SHETOU

边地风情散文系列
**二分之一血液和
孤独的舌头**

时代出版传媒股份有限公司
安徽文艺出版社

晶　达◎著

个人简介：

　　晶达，达斡尔族，内蒙古呼伦贝尔市莫力达瓦旗人，中国作家协会会员。创作小说、散文、诗歌，出版长篇小说《青刺》《大猫就是这样逃跑的》，儿童文学《塔斯格有一只小狍子》，其他作品散见于《当代》《北京文学》《草原》等。曾两次荣获内蒙古自治区索龙嘎文学奖，其中散文《二分之一血液和孤独的舌头》荣获第二届三毛散文奖单篇散文奖大奖。

边地风情散文系列

二分之一血液和孤独的舌头

晶 达 ◎ 著

BIANDI FENGQING SANWEN XILIE
ERFENZHIYI XUEYE HE
GUDU DE SHETOU

时代出版传媒股份有限公司
安徽文艺出版社

图书在版编目（CIP）数据

二分之一血液和孤独的舌头/晶达著. —合肥：安徽文艺出版社,2023.12
（边地风情散文系列）
ISBN 978-7-5396-7401-8

Ⅰ.①二… Ⅱ.①晶… Ⅲ.①散文集－中国－当代 Ⅳ.①I267

中国版本图书馆 CIP 数据核字(2022)第 009984 号

| 出 版 人：姚 巍 | 策 划：张妍妍 |
| 责任编辑：宋晓津 | 装帧设计：张诚鑫 |

出版发行：安徽文艺出版社　　www.awpub.com
地　　址：合肥市翡翠路 1118 号　　邮政编码：230071
营 销 部：(0551)63533889
印　　制：安徽新华印刷股份有限公司　　(0551)65859551

开本：710×1010　1/16　印张：12.75　字数：120 千字
版次：2023 年 12 月第 1 版
印次：2023 年 12 月第 1 次印刷
定价：63.80 元

（如发现印装质量问题，影响阅读，请与出版社联系调换）
版权所有，侵权必究

目　录

吃生肉的人 / 001

二分之一血液和孤独的舌头 / 009

孤单的独角 / 034

故乡，或归宿 / 046

最后的莫日根 / 059

地板娇黄的屋子 / 076

年不圆 / 091

樱桃酱 / 102

夜行动物 / 113

白花如雪 / 137

大虎将军 / 143

软软地躺在我枕边 / 148

羊肉战 / 174

乌云与草原的关系 / 178

信无收件人 / 189

吃生肉的人

忘了多少年前,那时的通信远没有现在发达,那时的人远没有现在爱闯荡,家乡的一个哥哥从最北端的雪域闯到了最南端的海滨。听闻我们达斡尔族的族称后,那些吃海鲜的南方人好奇地问他:你们是不是吃生肉的人?

我生于20世纪80年代的大兴安岭南麓,从没听过林中枪响,从没见过飞禽走兽。小时候见过的只有尸体,像排列好的门帘一样挂在一块长长的木板上,灰色的野兔、亮绿的野鸡、花褐的飞龙、比拳头还小的沙半鸡。它们通常在除夕前出现在市场上,在小贩子雪白的呼气中僵硬地躺在寒冬里。

母亲从没有拎过一只半只回家,它们贵得吓人,两只野鸡就可以算作重礼。印象中,家里唯一一次有野味入门是因为我重病,母亲那位热心的上司将一只野鸡转给了病榻上的我,好像是为病魔献供,乞它速速离去。我并没有"生"吃这只野鸡,我甚至没有看到它煺了皮毛后的生肉,它便被热气腾腾地端上了桌。

农贸市场冰冻的"野鸡挂帘"

如果那些吃海鲜的南方人把"是不是吃生肉"的问题提给了我，我想我会气急败坏地回答：你们才吃生肉。因为我从没有见过吃生肉的人，这句话令我直接联想到蛮荒时期的人们，是梅尔·吉布森导演的电影《启示录》里的种族，我甚至还会夸张地继续联想到他们猎杀动物后哄骗那位不生育的壮汉生生吃下猪睾丸的桥段。我绝不会将"吃生肉"与"优雅文明"这样的字眼捆绑在一起，直到不日前我在北京一家豪华酒店蹭了一顿大餐。

那家餐馆的名字并不特别，只有两个字——法餐。这足以证实法餐在人们心中具有崇高的地位，它象征品位、格调、文明、高贵，让餐馆的老板挺起胸脯不屑绞尽脑汁地给餐馆取任何标新立异的名字，这简单的二字，足够引人注目。

与我共餐的是两位诗人。我是第一次结识请客的姐姐，她貌美、有气质、娇柔、雍容，与餐厅质地优良的桌布、纯银锃亮的餐具、礼貌谦恭的侍者浑然一体。饭前，她甚是欣慰地说："这是中国最正宗的法餐。"一位金发男子突然出现在眼前，他每向前一步，高挺的鼻子就像先锋一样为他破开前方的空气，他以他超高的鼻梁证明他的血统异于我们，也证明着姐姐的话。我便更加期待，法餐，这是我的首吃。

侍者用小车推来餐前面包，其中一款面包不咸不甜、不腻不寡，面肉间不规则地分布着一些核桃仁，偶尔吃到，像是礼物。它不同于我吃过的任何一种面包，我暗自欢喜：好开篇。总觉得吃法餐就像读一本小说，特别是像我这种对下一道菜毫不知情的吃家，充满期待地看着下一道菜被推过来、端上来，吃进嘴里，再体会味觉的袭击，你就会知道世界上根本不是只有酸甜苦辣，就像小说永远不可能只有爱恨情仇。

嘴里面包的醇香尚未退去，第一道主菜便在我的不期中呈在面前。这颗生蚝在我面前冷了许久，因为在它到来的一刻，一股鲜腥味就刺进了鼻子。两位诗人分别举起蚝壳，将里面一坨椭圆形又表面光滑的肉倒进嘴里，咀嚼时颇为享受。我试探性地问："这是生的吗？"她说："是的，很好吃。"我只好继续让它长久地冷在面前，蚝肉周围的冰在渐渐融化，姐姐不停地劝阻，我知道我不吃掉它就没法吃到下一道菜，我模仿他们的动作，将肉倒进嘴里，也非常渴望如姐姐说的一般"美味"。我的上牙和下牙还没有咬紧，蚝的腥味便窜满整个口腔，我呕了。但为了在"法餐"前不失优雅，我只好在吐之前赶紧囫囵咽下，一颗冰凉的软体"石头"就直直坠进胃中。如果按美国电影级别分类，这生蚝对我来说绝对是 R 级重口味。

于是我把对法餐的美好憧憬寄予第二道菜。侍者告诉我们，是猪火腿肉。我满心希望它会是金光灿烂的、温暖至极的，甚至是烟熏火燎的，好把我胃中的冰坨子融掉。然而，它的模样比生蚝更加直白裸露，它血红雪白，与我在菜市场猪肉摊上看到的生肉并无二致。我有些绝望，问姐姐："这也是生的吗？"她将一片肉和一些不知名的蔬菜卷在面包里正欲送进嘴中，她答："熟的呀，已经挂了几十年。"她万分肯定的样子就好像确信时间是一个烤炉。

我咬下一口，那绵软的肉并没能成功地被我的牙齿切断，我想这与我不是一个啮齿类动物有关，特别是雪白如羊脂玉般的肥肉部分似乎极其不想彼此分开，我别无选择地动手撕扯。

许是我的舌头跟我的性格一样敏感,这片猪火腿同样不能被我咀嚼,尽管经过腌制腥味已稍有减轻。

我没能成功地将三片薄薄的火腿吃完,也不再对后面的菜有任何憧憬。后面我们吃了不知是生是熟的三文鱼,上面撒满了榛子的碎屑,这鱼的腥已让我觉得是个小问题;接着上了一道胡萝卜羹;最后是日本和牛,三块马眼大小的八分熟牛肉佐以三坨好似动漫里云朵形状的土豆泥,这本应是我最爱的一道菜,可是当它作为压轴菜被端上的时候,我已毫无食欲,以致餐后甜点也被我浪费了。

就这样,我被动地当了一次"吃生肉的人",却并不是在我那被"冠名"的家乡。其实最先影响的是我的胃,因为我们的族人的确有过吃生肉的历史,吃海鲜的南方人并没有"污蔑"我们。

不过,可不要以为我们吃起生肉来就像"鸿门宴"中的樊哙那般将生猪肉嚼得大快朵颐,我们的族人里几乎只有猎人才有"吃生肉"的机会。在狩猎还是达斡尔族人生产生活方式之一的时候,威猛的猎人肩负重大责任——他们不仅要去林中打猎满足家人对蛋白质的需求,兽皮更是让全家人在高纬度严冬下御寒的保障。戴着用完整的狍子头皮制成的帽子,穿着被称作"奇卡米"的兽皮高筒靴和被叫作"德列"的皮袍,猎人们卧在雪中，极像一头在休息的野兽。他们轻轻地呼吸，呼出的白汽在他们的眉毛、胡须上被寒风凝成洁白的冰霜。有时他们一伏就是一整晚，只为一枪击毙追踪多时的猎物。

当猎人们猎获狍子或鹿时，他们会当即开膛取出肝肾生吃，可以想象新鲜的肝脏在他们手中还带着动物的体温，鲜红的血与寒冬的雪形成鲜明对比，猎人嘴角边沾染的血迹使他们看上去更加骁勇。除了狍子和鹿的肝肾之外，其余部位的肉则要经过一番烹饪，有的用火炙，有的用水煮，也没有其他更好的做法了。猎人们很挑剔，只吃狍子或鹿的肝肾，有时也把犴（驼鹿）的肝肾囊括进来。据说猎人们生吃肝肾可以明目，让狩猎时的视力更加敏锐。

我的上辈便没再亲眼见过这样的情形了，住在镇上的族人改变的速度更快，他们已经开始青睐糖醋排骨或者锅包肉。母亲倒曾尝到过生狍肝，那显然不是新鲜的、冒着热气的，而是用醋腌制过的冻货，切成薄片后被作为一道珍稀菜肴献给外地来的贵宾。我想当年那些外地客人也像我如今不能接受法国火腿一样无法接受生狍肝吧，因为作为族人的母亲自己也无法下咽。而我则连熟狍肝都没吃过，更不知它的"长相"与猪肝有何区别。

记得我初到四川的时候，我这个吃惯白水煮肉的边地人也

旅游点被圈养的观赏狍子

曾因为他们喜用大量麻辣调料而气愤并拒绝尝试,更因有的成都朋友嗜将花椒粒放在嘴里嚼来嚼去而瞠目结舌。可不出几年,我反而恋上川菜,这也许是人体里那个叫作"蛋白酶"的东西在起化学作用吧。谁也不能保证有一天我不会爱上法餐,吃着那血红雪白的猪肉,血液里会不会有一种历史轮回的意味呢?

族人们吃生肉的历史已经远去,如猎人伙伴般的猎枪已不允许私有,狩猎再也不是达斡尔族人的生产生活方式之一。在时间的长河里,渐渐地,我们从丛林迁到乡村,从乡村迁到小镇,从小镇迁到城市,没入无尽的人流车流,没入高楼大厦,没入水泥森林。不知是我们遗失了猎枪,还是猎枪离弃了我们。

动物皮毛制作的时装性质民族服饰

二分之一血液和孤独的舌头

一

从来不记得自己曾经用达斡尔话和谁交流过,没有那样的记忆,那些话像一串串灯笼花似的从我嘴里鱼贯而出。

妈妈说,我小的时候还是可以张开十个手指头用本民族话数数的。随着一个一个数字从我嘴里排着队走出来,我的一根一根手指依次向手心聚拢,数到十的时候,我的两个小手便握成两个拳头,就像我费力地从母体来到这个世界时一样。

要说这世上有什么能在自己的手心留住,除了人类的温度,也就只有自己无形的灵魂了——我是这样猜测的——否则为什么我们出生的时候都紧握着双手?有人说是因为我们每一个人都需要握紧拳头坚强地面对生活的艰辛,可我总觉得是因为我们都攥着自己的灵魂降生。人的温度和灵魂一样,都不是松开

一岁的我在阿里河嘎仙洞前的草地上

手就消失的东西。

我这双手心也有过很多过客,泥巴、清水、猫咪在夏天掉的毛、玩具娃娃、一只兔子的黑耳朵、爸爸齿间流淌出的告别、妈妈的温暖,当然还有幼儿园老师教授的母语的音节。

妈妈说,那个时候我每天晚上躺在炕上,临睡之前把被子整齐地拉到胸口,意味着准备就绪,然后手指和嘴巴就开始动起来。我只能从一数到十,有些是两声音节,有些是三声的,数到十的时候会突然把两臂振起,音量加大,好像在宣布一个工程的告结。妈妈不大明白我为什么每天例行公事地在被窝里进行这项"作业",而不是在其他任何时候。现在想来应该源于老师的一句嘱咐,她多半是说:回家后可以利用睡前时间练习一下哦。但我是个直肠子、实在人,把老师的这句嘱咐当作命令一样执行了。

十好像是一个三声的音节,如果我没记错的话。

二

以前从不知道听到一种语言可以产生一种生理反应,应该是从几年前开始。当那些话从表姐夫的嘴里利利索索地蹦跶出来时,就像一个小小的槌敲打着我的心鼓,哪怕是在夏季,也会感到温暖,很舒服,并不会使四周的温度升高。它在我的体内化成一股清流,直往百会上冲,然后我便有一种想哭的感觉。

从来不知道表姐夫跟大姨或者妈妈在说些什么,也很少问,我很喜欢这种语言在我耳边像音乐一样回响着,毕竟我离开家乡已有九年时间,也不是总有机会听得到它。如果我像儿时一样总因为感到隔阂不断地问他们在说什么,让他们把说过的话翻译成汉语,我怕又要减少我一生之中能够听到它的机会了。

表姐夫、大姨、大姨夫和妈妈是现在"我的家族"里仅有的会说母语的四个人。我不大懂族谱什么的，我是姑娘，如果有一天要落在族谱上，大概也要落在夫婿家的族谱上吧。可这些只不过是讲形式的东西，我是一个户口本上连姓都没有的人，我就做我自己的种子。

对我来说，我的内心有一个属于我自己的家族，如果非要定义的话，那就是所有和妈妈有血缘关系的人吧，再精确一点，就是生活在我身边的那些我非常熟悉的、跟妈妈有血缘关系的人，比如姥爷、老姨、大姨、大姨家的哥姐以及他们的爱人等等。"我的家族"不是完全按照血缘来列表的，它基于我对人情感的亲疏，所以"我的家族"里，没有父亲，他就像他给我的另一半异族血液一样，让我觉得遥远和陌生。

我的汉族父亲和我的达斡尔族母亲

如果不是当了多年的游子，我可能都不会意识到我身边流失了一种非常重要的东西——我的母语。虽然我听不懂,但直到考上大学离家之前,它都像我生命中的背景音乐一样常伴左右。

我不知道怎样形容那种感受,我的母语,我不会说也听不懂,可能就像母亲为你做的那些日常琐事一样,在你学习非常忙碌的时候,给你洗衣服、给你做好饭、给你熬汤药,可这些并不会引起你的注意。也许跟外面世界的嘈杂有关,以至于我没能意识到在我离开家的那一刻,这个声音就跟母亲一起被我留在了身后。

上大学的时候,一年回家两次;工作以后,减少到一年一次。在四个会说母语的亲人里,每次回去都能见到大姨、大姨夫和妈妈,但不是每次都能见到表姐夫。

大姨夫是一个沉默寡言的人,从小到大,就没怎么听过他讲话,更别说听他讲大量的达斡尔话了。小的时候,他偶尔说些笑话逗我,就像现在偶尔说些笑话逗他的小外孙,他都用汉语,毕竟我们也只能听懂汉语。

大姨比妈妈爱说民族话,她是那种说汉语带点民族口音的女人,说话的时候慢条斯理,舌头打卷,但绝不是北京腔里的儿话音,听起来甚是可爱优雅。后来兴许是因为她带了外孙好几年,也兴许是因为总见不到我怪想的,反正每次回去很难再听到她和妈妈说达斡尔话,偶尔说几句,就像是一根手指在钢琴键上潦草地敲了几下，不成音乐。

表姐夫是四人之中母语说得最好的一个，因为他来自一个叫库如奇的村，而"我的家族"里的人都是在尼尔基镇上长大的。如果说你在莫力达瓦达斡尔族自治旗遇到一个说达斡尔话说得非常流利、可以不加任何汉语词的人，那么这个人肯定是在达斡尔族聚集村长大的。

表姐夫跟大姨一样，有民族口音，甚至更重，他是不得不说汉语的时候才说汉语的那种人，可他的儿子，我大姨的外孙，

乱入大姨家的全家福，上排右2

也并没有因此学会达斡尔话。大姨为此惋惜，可又毫无办法，只给他取了一个达斡尔名字——莫德尔提，意思是"有智慧的人"，除了对他前途的期待，想来也是为了时刻提醒他自己的根所在吧。

我猜他不会忘记，也丝毫不会有心亏的感觉，他不像我，毕竟他的体内没有两种血液在斗争，即便他不会说达斡尔话，他完整纯粹的血缘也让他不必想急切地证明自己的民族身份，他不像我。

三

达斡尔语没有文字，只有语言，这种语言如果要被传承，唯一的方式就是口口相授，甚至不应该是一种教授，它必须时时刻刻渗透在一个人的生活之中。我不说生命，因为我很清楚，虽然我不会说也听不懂，但我生命里有它的存在，深深刻刻、实实在在地存在于我二分之一的血液之中。

我不是一个纯粹的达斡尔人，这是说我的血统。

我的父亲是一个汉人，用族语说就是"NiaKen"，分别读三声、二声。我只能结合汉语拼音和英语音标拼凑出这个不是词的词，让人可以准确地将它读出来，这是一个简单的发音，不需要颤抖着舌尖就可以完成。

　　小时候，这个词在我耳畔出现的频率最高。每次一有人把它像帽子一样扣在我头上，都能招致我大喊大叫"击鼓鸣冤"，我会立即陷入委屈，然后辩解否认——我不是 NiaKen！我不是 NiaKen！好像他们说的并不是一个民族，而是来自太空的外星人。最爱用这个词说我的人就是大姨，每每看到小小的我竟然因为一个词大动肝火，她就咧着嘴巴眯着眼睛憋不住地乐，有时候反而故意用它来气我呢。

　　我愤怒并不是因为这个词有任何贬义，就像大姨和表姐每次夸奖我继承父亲水汪汪的大眼睛时，我也一样不开心（但是我承认比说我是 NiaKen 高兴点）。在"我的家族"里，从我的姥爷到年纪最小、大我7岁的小表哥，所有人之中，只有我一个人长着大大的眼睛，只有我一个人有着一半外族血统，不管他们因为我可爱漂亮如何放肆地宠爱我，我都无法摆脱我是一个"异类"的感觉。

　　他们一定是在开玩笑，可我感受到的是深切的孤独。我就像一个疯人院的疯子大喊"我不是疯子"一样，以为蛮横和喊叫就能驱散我体内不一样的血液。或者也不是一种驱散吧，就像电影《七个神经病》里的2号精神病老头一样，总是戴着一块方巾遮挡着咽喉部的伤疤，是遮挡，是不想被提醒。

高大而陌生的父亲

后来，妈妈说，我应该也有满族血统，我的父亲不是一个纯粹的汉人。之所以有这个说法，是因为奶奶告诉妈妈，她小的时候也管自己的爸爸叫阿玛，加上她出生在辽宁——满族人的发祥地，很难不让人猜测她的家族是改称汉族的满族人。

我中意这个说法，尽管没有取证，因为这个说法削弱了我除了达斡尔族之外的其他两种血统：汉满分别是四分之一和四分之一，加在一起才是二分之一，那么占有大量比例的达斡尔族的血在这场血液的斗争中便遥遥领先了,它可以像一队挥军而上的大部队一样占领我的心地,在我的心上树一面大旗。

四

我不知道自己为什么没有学会达斡尔话,现在时常责问母亲,她每次回答得都不大一样:有时候说是因为没有放在心上,没有这种意识,就很自然地用汉语将我带大了;有时候说是因为怕我跟小朋友玩耍的时候被孤立;有时候说是因为怕我上学的时候学习有障碍。大概就这三种说法,颠来倒去地回答我的质问,偶尔也有结合在一起的时候。其实我也不是发自内心地指望母亲给我一个"说法",毕竟我已经错失了可以学会母语的最佳时机,只是叹惋,只是在用一种发问的方式来长吁短叹吧。

据说那个时候镇上像我这个年纪的小孩都没有把达斡尔话作为出生时第一接触的语言,因为从幼儿园到高中,所有的授课都用汉语。虽然我们是全世界唯一一个以达斡尔族的名义建立起来的自治政府,但到了20世纪80年代中期,镇上的汉族人就已经比达斡尔族人多很多很多了,整个莫力达瓦达斡尔族自治旗有26万人口的时候,达斡尔族人只占六分之一。

我的家族里,从老姨开始就不会说达斡尔族话了,她也不是一开始就不会,大概在她四五岁的时候开始不会说达斡尔族话的吧。老姨生于20世纪60年代末,比妈妈小12岁。十二年的光阴,可以为一个城镇带来多么巨大的改变,一棵杨树可以在十二个春天撒下多少种子,又生长出多少棵新的树,更不要说一种语言在时代变革中的流失。

至于表姐和表哥,听说表姐小的时候也是会说的,大一些的时候突然开始抵制说本民族的话。我猜想是因为这种民族的独特性让她在许多汉族玩伴面前像一个异类,于是她也像我一样,选择一种自己的方式企图去遮挡、去掩盖。

小表哥关于民族话的历史情报我没有掌握,只知道他大学毕业去鄂温克族自治旗上班之后突然对母语产生了悸动,他开始主动地学习一些民族话,可是他的舌头早就被汉语调教得像一块硬面疙瘩了。每次过年回来,他一本正经地跟我妈说上几句民族话,说到那些需要舌头打卷的词时,他坚硬的舌头都让他显得非常蹩脚。我超想笑,可看着他似乎是带着一种神圣的神情在说这些话呢,我便又感慨起来,我很能体会他内心之中的情愫——远走之后,总想再以什么方式贴近这片水土和自己的根。特别是表哥,他的工作编制已经将他钉在别处,即便有时间可以回到家乡,从此也就是一个过客了。

"……等到我开口说话,令奶奶惊奇的是,我说出来的全部是汉语,有些她还不甚了了,仅仅一年的时间我竟不会讲自己的母语了,只可以听。……奶奶去世后,我便再次丢弃了我的语言,这是一个无意识的过程,现在我才感到我便是我们民族命运的一个小小的缩影……"这是老姨苏莉的散文《旧屋》里的文字。

我从没有问过老姨关于自己不能说母语的感触,她在多年前远嫁到科尔沁草原,与许多蒙古族和更多的汉族人生活在一起,我不知道她是不是和我一样觉得自己的身边少了一样视如

老姨抱着幼小的我

珍宝的声音，毕竟她曾经比我离母语更近。

有一段时间，她加入了一个被称作"母语群"的微信群，群里充斥着和我们一样担心母语消逝的人，还有那些背井离乡无处诉说和聆听母语的人。老姨一开始很兴奋，似乎终于找到可以缩短时间空间的虫洞一样的东西让她得以随时随地贴近母语，也许她还是怀着重新学习的打算加入进去的呢！

所有人都是饥饿的，他们对故乡的眷恋、对民族的牵扯、对母语消失的恐慌，所有人都在说话。也许是因为老姨终究是一个害怕喧嚣的人，也许是因为老姨对自己不能加入他们的对话而痛心疾首，他们每一个人都成为时刻提醒她儿时丧失了对母语掌握的闹钟，也许是一些别的原因，反正，她最终退却了。

老姨说，她是我们民族命运的一个小小的缩影，其实这个缩影里也包括我，包括我的外甥莫德尔提——从纯正的血统到加入了外族血液，从可以听说到只可以听，就像聚集村里长大的孩子可以不掺杂任何一个汉语词语，而镇上长大的会说达斡尔话的人会把汉语和达斡尔语夹在一起，这是一个漫长的过程，一个渐变的过程，在每一代人的身上民族的烙印越来越浅。

我和外甥，我们既不会说，也听不懂。

我怎么又敢去想象一百年以后？

五

2014年8月1日,我28周岁,我带着我的汉族男人到家乡莫力达瓦举办婚礼。也就是在这个夏天,也许是因为我的婚事,表姐夫终于频频出现在我面前,和大姨、妈妈说着达斡尔语,让我一次次掩盖自己因为听到乡音想哭的冲动。

他开着新买的轿车,拉着我和我的汉族男人,还有妈妈,去他老家库如奇村看山看江看清泉。一路上车里都回响着汉语的草原歌曲,《呼伦贝尔大草原》什么的,每当他和妈妈说起什么的时候,生平第一次,我觉得如此美好的音乐是那么多余。

我是一个达斡尔族姑娘,至少我的心是一颗完整的达斡尔的心,我很想在婆家举办婚礼的时候用最直接的方式去证明。我在车里要求妈妈教我唱一首达斡尔民歌,它的汉语名字是《忠实的心儿想念你》:

清水河边有歌声
我急急忙忙走过去
以为我爱人在歌唱
水鸟对对双双飞

哪呀耶哪呀耶哪呀呢耶哪呀耶

很多年前我就会唱这个汉语版的，当时并没觉得有多好听，因为它的旋律非常简单，我对它的忽略程度到了在任何一个场合有人要求我唱一个民族歌曲的时候，我都不会选它，尽管我对它无比熟悉。而对于婚礼，我不得不选它，因为它是我会唱的唯一一首热烈的民族情歌，在婚礼现场会很应景。

达斡尔语原版歌曲的歌词变成了这样：

WulariWulariMorisinNei

WulenZhoulenYaoDerTie……

它们从妈妈嘴里流淌出来的那一刻便瞬间打动了我，是一种颠覆的感觉，颠覆了我对这首歌曲十几年来的印象。达斡尔语的每一个音节都恰当地落在每一个音符之上，契合出一个完整的节奏感。

我终于理解了以前一个哈萨克族 80 后诗人艾多斯跟我说的话，他会俄语，他说，翻译成汉语的俄语诗歌真是大打折扣，根本不要去看翻译后的作品，像阿赫玛托娃的诗歌翻译之后所有的韵律都被破坏了。关于诗歌，我总觉得有胜于无，对于我

我和母亲

们这些不会俄语的人来说,能看到翻译作品已实属幸运。而于我,更幸运的是,我至少还可以通过歌曲来实现跟母语的亲近。

妈妈一个音节一个音节地唱给我听,歌词里到处都是如同陷阱一般的舌尖颤音,我拼命地模仿着。令我惊喜的是,我可以很完整地完成它们,这个时候,舌头就化成了水浪,任它随着兴致打卷翻滚。兴奋之余,我还没忘了"踩踩"我的小表哥,我得意忘形地问妈妈:"我比小哥强吧?"她不需要正面回答我的问题,她早就在我出色地完成一个一个颤音的时候露出了认可和欣慰的表情。

我那个对新鲜事物有强烈体验欲的汉族男人也动起他的舌头模仿起来。他的舌头多半只能打一个卷，听上去像一个说话大舌头的人，偶尔费力地卷出几个卷的时候，舌头的动作又非常迟缓。如果真说起达斡尔话来，大概又会像一个傻瓜吧？

我到底没能学会那首歌的原版，我只是可以在模仿的时候出色地完成一个读音，当声音一落，它在我的脑中也随着声音一起消失了。没有文字，无法记录，完全不明其意的我根本记不住完整的句子，就像儿时以为可以将十个音节攥在手心，最后也不过随着许多记忆一同被时光埋葬。

正式婚礼的时候，婆家的司仪采用了最为模式化的主持方式，匆匆忙忙地向亲友介绍了我是一个以写字为生的人，并忽略了我同样引以为傲的达斡尔族身份。不说也罢，对许多人来说，少数民族只意味着更优惠的民族政策，他们才不会在乎你的祖先、你的血脉，他们也不在乎你是达斡尔族、鄂温克族还是鄂伦春族，对他们来说，相差无几。

他们不问你从哪里来，只问你到哪里去。

六

我有时嫉妒那些可以说自己民族语言的人，任何一个民族都嫉妒，尤其是那些与我年纪相仿的人，不像我的舌头，那么孤独，只能与汉语为伍。

来到北京之后，我认识了一个叫梦迪的女人，她创办了一个"达斡尔论坛"，就像一个后花园，把世界各地的达斡尔族同胞通过网络连接在一起。论坛每年都会举办一次名为"达斡尔之夜"的聚会，与他们接触得多了，我的生命中出现了一个新的词语——族人。每次聚会认识了新的族人，我基本上都会问同一个问题："你会说达斡尔话吗？"

如果对方说不会，我会立即产生一种心理平衡，可同时更加浓郁的情绪是惋惜。我既害怕他们都会说达斡尔族话而我不会，我会重历儿时"异类"的孤独感；我又担心大家都丧失了对这种语言的掌握，导致终有一天母语的消失。

如果对方说会，我的双眸会立即发亮，对这个人产生一种敬仰和嫉妒掺杂的双重情感。特别是当对方年纪与我相仿甚至比我小的时候，我会因为他嘴里的这一个字，认定他是一个有良心的人，一个不忘本的人。不会和会，惋惜也好，敬仰也罢，终究是人家的事，我们在北京生活、工作、玩耍，见面的时候，相互之间还是说汉语的时候多。

我为我的婚事真正喝醉是在北京，在10月份补办的那次酒席上，零零散散地三十多个人坐了四桌，有我汉族男人的同事、朋友，还有我的亲戚、朋友和几个关系要好的族人。两桌酒还没敬完我就已经晕得视线狭窄、走路摇晃。之所以那么拼命地喝，是因为我知道，在北京能坐到我这个无名小卒酒席上的人，都是我真正可以掏心掏肺的人。

喝得正酣，我的两个族人，一个我叫他达哥，一个是我的初中同学，他们两人端着杯子去敬当时屋里年纪最大的人——我的姨姥姥，因为达斡尔族人敬老尊长的规矩非常严格。猝不及防，他们两个人嘴里连珠炮似的说了一大串达斡尔语，虽然他们不是对着我说的，可是他们的话像一根箭刺到我心上。

兴许是因为醉酒了吧，我的眼泪顷刻间滚出眼眶，随之而来的是我号啕的声音，极其放肆且强烈的号啕的声音，所有人都愣住了。正在别桌敬酒的我的汉族男人跑过来抱住我，连连问我究竟为什么哭。我说不出话，只顾着号啕，好像要把从儿时积攒到那天的所有关于我民族身份的感触都哭出来。

那天我穿了一件酒红色的长裙，我的男人穿着一身酒红色的西服，我们两人就站在四个桌子之间的空地——整个房间的正中央，不分你我地紧紧抱在一起，不知道从空中俯视下去是不是像两个缠在一起的花蕊？一个拼命哭着，一个拼命抹着哭者的眼泪，把她涂的并不防水的睫毛膏抹了她一脸。

所有人的瞩目让我知道我必须有个交代，我在号啕的间隙挤出几个字："我不会说达斡尔话。"大家都笑了，也许他们觉得我很天真吧？只有我的男人依然紧紧地搂着我，不顾旁人地亲我的脸颊，可又是那么无能为力。妈妈从卫生间回来的时候，惊愕地问周围的人怎么回事，当她知道我哭的原因之后，她没有像大家一样笑，毕竟是我的母亲，与我血脉相连，她擦着我的泪安慰我说，以后再学吧。

后来跟妈妈回忆起那天的事，我并没有觉得我傻，她也没有。她说，你的爱人那么疼你，你半夜想喝饮料，他就跑到24小时超市给你买；你想吃水果，他拖着病着的身体也给你带回来；只要你想的，他能做到的都会做，做不到也许还会自责。可是那天，他只能抱着你，却什么也做不了，他一定觉得那比跟他要一颗星星还让他为难吧。

我不知道母语是怎样定义的，是一个人出生后最早接触并使用的语言，还是一种深埋在血液中的语言。我只知道，当你听到母语的时候，你会周身颤抖、为之动容，你会觉得安全，就像身处寒冬里的被窝。这是任何一种其他语言都不能代替的。其他语言可以是十八般武艺，可以是一张级别证书，可以是一个走向世界的通行证，它可以给你带来新鲜、愉悦、骄傲，可不是温暖，绝不是。

如果血液可以发出声音就好了，那么我就不必像一个无法证明自己没有犯罪的人一样无法证明自己是一个达斡尔族人；如果血液可以代替我说话，那么，我也许可以在我想证明自己是一个真正的达斡尔族人的时候稍稍地流点血，而不是流眼泪。

毕竟流血只是皮肉之痛，而流眼泪是因为心在痛。

七

今年夏天之前，我从没有见过一个真正的萨满。

当人类对自然的情感状态从最初的畏惧到现在的攫取时，以万物为神灵的萨满教不可避免地没落了。文明使人们不再需要一个萨满作为神灵的代言人，就像鄂温克族作家乌热尔图的小说《你让我顺水漂流》里描写的一样，更多的人对萨满怀着一种猎奇心理，看萨满与神灵对话就像在看一场表演。而真正对自然充满敬畏的老去的萨满只能躺在桦皮船里随水漂流而下，等待自然收回他的呼吸和生命，就像收回曾经与人类的交流。

如果不是我的家乡莫力达瓦达斡尔族自治旗政府要申请萨满文化之乡，碰巧我的表姨是文旅局局长，我猜我这辈子也没机会见到萨满的通灵仪式。以前听妈妈说，法术高强的萨满可以身穿两百斤以上的萨满服身轻如燕地翩翩起舞、旋转跳跃，还可以踩在鸡蛋上。所以，可想而知，我得知将要见到萨满施法时是什么样的心情,可必须承认,除了对萨满文化的尊重,我还有猎奇的心理。

我们抵达山坡下面的时候,前来参加仪式的人的轿车就已经排着队停满了,一个个车头朝着山坡,像是在爬行,像是在仰望,像是一个个朝圣者。除了政府的车辆,更多的是莫日登家族的车。莫日登姓大概是我们达斡尔族人里最庞大的一个家族姓氏了,而此次的萨满通灵仪式就是要与他们的祖先取得联系。

走近一个石头堆好的敖包,前面摆放着一只烤熟的牛头,还有牛奶和烈酒、燃烧的香和一些糖,我有些扫兴,这说明祭祀仪式已经完毕了。再转头去看人堆里坐在椅子上的老萨满,她前后胸分别戴着代表日月的铜镜,身上挂满各种代表四季、节气、三百六十五天的饰品等等,头上戴着鹿角帽。最引人注目的是她肩头上的两个布制小鸟,据说那是替神灵传话的信使。她闭着眼睛,手里拿着萨满鼓,一边敲着,嘴里一边念着。我更扫兴了,这说明她念祈祷词之前的萨满舞已经结束了。

祭祀和萨满舞是我最想看的,因为她嘴里的祈祷词都是达斡尔话,我一句也听不懂。她前面跪了许多莫日登家族的后人,我问妈妈她在说什么,同样从来没看过萨满仪式的妈妈既想给我解释,又想专心听,很是敷衍。我又一次感到自己成了局外人,但是我当时并没有伤感,因为听不懂的人实在太多了,我有我的阵营,我和他们一起围在外围,时而说些悄悄话。

那天真热,我身上发黏,站得久了,腿也酸了。我那个汉族男人拿着手机在人群里窜来窜去,找合适的角度拍照、录像。

"怎么这么长时间啊?"我有点不耐烦了。

"她在请先人,也许因为是白天吧,请得有些费劲。"妈妈捂着嘴以很小的声音好好地回答了我。

我又扫兴又无聊又绝望,我想这里烈日当空,估计这个老萨满唱得嗓子都冒烟了也未必能将莫日登家族的祖先请来。很多人也跟我一样开始焦躁,窃窃私语的声音开始逐渐面积扩大。

"嘘!"有人说。

这时,老萨满对面的年轻一些的萨满突然有了动静,此前她一直闭着眼睛坐在那里。汗水从她露出不多的脸上不停地流着,有几个人扶着她,并在她嘴里塞了一小块方巾。妈妈说,那是怕她咬舌头。

她突然从凳子上一跃而起,果然穿着几百斤的萨满服转起圈来。我兴奋了,踮起脚尖目不转睛地盯着她。她转了几圈就倒在地上,起身之后也敲起了萨满鼓,开始用达斡尔话唱起来。

我泄了气似的干脆坐在地上,我想这一行也就是这样了吧。

她唱了一会儿,我突然看到妈妈推开眼镜在擦眼泪。我以为发生了什么，又站起来张望，老萨满还是坐在那儿一下一下敲着鼓，一句一句唱着。然后我看到我的表姨也在抽泣。

"你怎么了？"我问我妈，我怀疑她是不是中邪了，因为我听说以前有个舞蹈演员因为跳一个以萨满为主题的舞就中邪了。

"太可怜了。"她边说边把手搭在表姨的肩膀上，表姨也连连点头并擦眼泪。

"怎么回事啊？"我又问。

妈妈说，此时正在唱歌的人正是莫日登家族的祖先，是一个活着的时候被称为"疯老太太"的女人，她讲起她生前的苦楚，讲她过世后灵魂孤独地飘零，讲她每次看到自己后人，用手抚摸他们，可是他们根本感觉不到，她说她希望她后人的内心可以像七个孔的泉水一样澄清……

我也哭了，泪水像她嘴里唱出的泉水一样洗掉了我之前的一切情绪——扫兴、无聊、炎热、疲惫，洗掉了我对一个萨满所有的猎奇心。再看她的时候，眼光不自主地肃穆起来，心酸，但绝不是怜悯。我会哭，不只是因为她生前与死后的孤独，我看着那些跪在她面前的后人表情木讷，我知道她与她深爱的后人相隔的不只是阴阳两界，她深情地嘱咐着，可是她面前那些年轻的后人只是跪在那里，听不懂她的一言一语。

泰戈尔说，世界上最遥远的距离，是我就站在你面前，你却不知道我爱你。我也看到了一个世界上最遥远的距离——我孤独地飘零了几百年，终于可以跟你说说话，你却一个字也听不懂。

我们族的萨满越来越少，我在想，究竟是萨满们没有能力再代替神灵和祖先说话，还是他们再也找不到说话的理由？说出来的话，没有人听，没有人懂，失去聆听的话语是否还有意义？

老萨满后来又唱了许久许久，对每一个属相的后人分别嘱咐、给予祝福，我们没有坚持听到最后，躲开大量人群提前离开了。沿着山路走下山的时候，我看到一个年轻的莫日登家族的女孩坐在自家的车里玩手机，可萨满悲怆的歌声明明仍旧响彻在她身后。

是的，天太热，没有云彩遮挡，高纬度的烈日就那么直直地晒着。

我不知道我的祖先在哪里，是不是像这个莫日登家族的祖先一样在哪处孤独地飘零着，是不是因为我身上二分之一的血液也在我睡梦中轻抚我的手，不知道她是不是也有很多很多话想对我说。

可是我不敢听，至少在我的舌头没有摆脱孤独之前，在我没有学会能与她交流的语言之前，我不敢听。

孤单的独角

若按五行而论，我命中多"水"。

五行中的"水"是否也会流动，我不得而知，但我生活过的地方总能听见水的声音——不论是上大学待了四年的成都，还是上过班的天津，当然，还有养育我的家乡莫力达瓦，这些水总是以各种形态，或雨水，或江河，甚至是大海，默默地将我围绕，而我更愿意称之为保护。

2005年，当大学录取通知书被我握在手中时，曾去过成都的姨姨以经验之谈告诉我：那地方潮湿，多水，容易长湿疹，所以四川菜里花椒、辣椒多，去湿气，你也要多吃。最初我并没有按她的建议去做，因为一个人的口味是较难改变的，所以才会有那句话——萝卜青菜，各有所爱。我总觉得第一个说这句话的人一定是无奈地为他极为不解的事勉强找了一个借口，让心理得以平衡，不想这句话却成了可以解释一切让人讶异之事的理由。后来，湿疹不分时节地找了很多人的麻烦，但它没有来找并没有吃花椒、辣椒的我，我想，这一定与我家乡的水有关。

莫力达瓦磅礴的江河，使得这里的空气湿润，所以哪怕空气升级为成都的"潮湿"，湿气也很难在我体内变成毒素，进而成为湿疹。成都潮湿的空气只是让我的身心更加柔软、更加融化了，这潮湿的空气尽管柔软，却缺乏莫力达瓦湿润的空气中还有的硬朗气质。

莫力达瓦的水资源占整个内蒙古水资源的40%，这咄咄逼人的比例不知是因为小小的莫力达瓦江河湖溪实在太多，还是因为广阔的内蒙古实在太干燥，总之这个百分比不能不让干燥的内蒙古西部地区羡煞。我从没能将这些分布在家乡各处的庞大水资源了解得一清二楚，唯一一处最为熟悉的，便是嫩江。

儿时觉得嫩江很遥远，它处于莫力达瓦的边缘，在最东端，过了江，就是别的地界了。当地人都称嫩江为"东江沿"，但是他们习惯把"沿"字读成"燕儿"，所以如果听见有人嘴里冒出"东江燕儿"这几个字，那可以确定这人一定是地道的土生土长的尼尔基镇人。

那时过江的方式随着季节更迭，分为两种：寒冬时，整个江面变得僵硬而沉默，本来墨绿的江水冻成了一块庞大的白翠，人们可以肆意踩在上面，过江也好，溜冰也罢，江面上寒风不断,将脸吹得通红,可吹不走满脸的笑容;待到春暖花开时,江水再次湍流,人们就会在江面上从这岸到对岸架起一座浮桥,桥上有行人有车辆,浮桥是铁制的,由十几节连接在一起,我还记得坐在车里过江时,车子每碾到两节的连接处,都会发出噔噔的响声。

这声音让我紧张,每次都会担心要沉到水里去,觉得是什么怪物在水底作怪,那时的我并不知道浮桥的原理,浮桥在我眼里是一个神奇的存在。它不像石桥木桥,腾空凌驾于水上,浮桥是与水紧挨在一起的,水流冲击着它,它左摇右摆却能承重几吨的货车。你走在桥上,甚至能感受到下面江水的温度,能感受到江水流动带来的些许振动。

我从未怀抱过嫩江的江水,换句话说,我是个旱鸭子,我并不惧怕水这种物质,但我惧怕水形成的世界,那是陌生的世界,没有氧气,深不见底,甚至你无法想象除了鱼虾贝之外,还有什么诡异的生物在里面,就像电影《尼斯湖水怪》里的怪兽,之前谁能想到它生活在水中?每到夏天,小学初中高中的班主任都不厌其烦地告诫着:不要去江里游泳,今年又死了✕个人。

喜欢灵异事件的同学们就开始窃窃私语:

"我听说水里有水鬼,把人拉下去是找替身。"

"不是,我听说水里有怪物,每年都吃几个人。"

在莫力达瓦浩瀚的嫩江边

这两种说法都为我所信服，所以我绝不会让身体超过5%的比例进入水中。对于嫩江的水，我最多只用双手抚摸，而更多的是采取注视凝望的方式对其进行欣赏和爱慕。

但是对于冰冻三尺的嫩江，我是敢涉足的，甚至敢在冰面上打滚儿。不过滚儿可不是随便打的，有特定的日子和特定的含义——每年正月十五，太阳早早地回家之后，尼尔基镇当年唯一一条通往嫩江的大道上迎来了无数的人，有的三两成群地在皎洁的圆月下走着，有的提着灯笼，还有少数车辆，总之所有人的目的地都一致，都在向嫩江行进。

嫩江边放生

在这晚，洁白而广袤的冰面上会有很多橘红色的篝火，冒着的黑烟隐匿在黑色的夜空中，每一处篝火的四周都围着很多人，或取暖，或放炮。火焰融化了脚底的一些白冰，但无垠的冰面岿然不动，在这个时候，它似比大地还要厚重。

厚厚的冰上还有很多积雪，总会有一个人先开始团个雪球袭击别人，就像一场战争的导火索，不一会儿，雪球就开始到处乱飞，无辜的人被牵扯进来，混战在所难免。当然，也总会有不按套路出牌的人，他也许会偷偷地从背后把一个他雪战不过的"敌人"撂倒在冰上，然后把雪塞进"敌人"的脖子，这样，战争又换了一种方式，被撂倒的人越来越多，可是你在这战争中听见的不是枪声炮声，而是响彻在空中的人们的笑声。

冬天坚固而宽广的冰河

那时我是淑女，一般很少参战，但是我也要主动躺在冰面上来回滚个两三圈，否则怎么贯彻此行的主题呢？因为正月十五这晚的重要活动,名字叫"滚冰",在年的最后一天,人们带着美好的愿望在宽广的冰面上打滚儿,好运气滚滚而来,坏运气则随江水滚滚而去。

站在坚硬的冰面上,我有时会想,水鬼或怪物这时在哪里呢?

有人说,怪物只有在开江的时候才会出现。称其为怪物,委实有点对不住它,因为它是有名字的,在达斡尔族的传说中,它的名字叫作"Giao·木图如",翻译成汉语的意思则是"独角龙"。

我一直暗暗揣测这个如此难发的"Giao"音会不会是达斡尔族人发错音的汉字——"角(jiǎo)"呢?据说达斡尔族人最初接触汉语的时候,无法发出汉语拼音中的辅音"f",只好把"飞机"念成"吥机"、"粉条"读作"品条"。

姑且不论是不是念错的"角"字,总之这个音节是"独角"的意思,所以"木图如"就是"龙"。"木"音最好读得清楚准确,万一不小心念成了"布图如",那独角龙会气疯的——一个音节上细微的差别,含义却大相径庭——"布图如"译成汉语是"屁股"的意思。

每年嫩江在初冬开始结冰,随着天气愈加严寒,冰层愈来愈厚,直至封江。从开始结冰到彻底封江之间有几天的时间,既不能用浮桥，也不能在尚未冻实的冰面上行走，更别提开着载重的汽车了。所以有那么几天，想出门的人只好选择绕远路或者将出行时间延后，但也免不了有铤而走险的人，我想这些人走在江面上的时候，多多少少会有听天由命的感觉。据说曾经有人为了减轻压强，怕把薄冰踩碎，于是选择在冰上匍匐过江。可是如果带着小孩儿怎么办呢？没有什么能难倒智慧的人民群众——他们把用棉被裹得严严实实的孩子放倒在冰面上，用长长的围脖拴住，自己边向前爬行，边用围脖作为牵引拖拉躺在冰面上的小孩，让大人和孩子都以身体的最大面积接触薄冰，冰碎裂的概率就大幅度降低了。

独角龙的工作量不论与谁相比，都是让人羡慕的。每年的365天，它只需要选择一天出来用它的独角破冰开江，就有364天的假期。当然，这只是为我们所知的它的一项工作，至于它在水底是否还有其他类型的工作，我们就不得而知啦。

每年嫩江开江的具体日子不确定，但基本都在5月上旬，我猜想这与它的心情有关。即使这么小的工作量，它也要为此而大闹特闹一番——每年开江之前，天气变幻莫测，特别是江风直直吹到镇里，吹得鸡犬不宁，树都歪歪扭扭，没有生命的广告牌也要号上几嗓子。

特别离奇的是，每年这个时候会陆续有些老人辞世，所以

春天，母亲站在即将"开江"的岸边

每到这个时候，当地人都无奈地感叹："又要收走一批老头老太太了！"这句没有主语的话，让人产生无限想象的空间，到底是谁收的呢？在我心里，最大的嫌疑犯就是它——独角龙！收走的意思会不会有点像"祭奠"？它要收了"好处"才给"办事"。

妈妈曾经听姥爷说，姥爷的朋友说，听说有人曾经目睹了怪物在水中用它的独角把冰划破，它用比坚冰还硬的角从江的下游向上游勇猛野蛮地游去，只听见厚冰咔咔碎裂的声音，当时走在冰面上毫无心理准备的行人车马都掉进了冰水里。这个

"听说"的故事到这里就没有下文了，我猜想那一定是很久很久以前的事了。而我更为关心的是，行人车马掉进冰水里之后呢？是被独角龙吃掉了，还是水下的世界别有洞天，那里有另一座水下小镇？

我只知道独角龙是个任性的家伙，它甚至有时候"倒开江"。正常的开江都是由下游开始，裂缝向上游蔓延，这样碎裂的冰排才得以随着水流缓缓而下。但是如果"倒开江"的情况发生，上游的冰层先裂，硕大的冰排无处安身，仓皇且不择方向地冲到岸上，甚至会冲垮岸边的房屋。

岸边有房屋也是很久很久以前的事了。自从这岸到那岸横架起高大宏伟的尼尔基大桥，每年的封江与开江不再引起人们的注意，人们只是在离江面很远很远的高桥上驱车横跨嫩江，很少有人驻足看一看江水，或眺望延伸到无垠天界的冰冷的白翠。只在夏季，江水温和地流动的时候，会有人步行至桥下，钓鱼、烤羊，在岸边晒太阳喝啤酒。

站在尼尔基大桥上，可以看见远处狭长的大坝——尼尔基水利枢纽，国家"十五"规划重点项目，它保护着整个嫩江流域不被洪水侵害，同时还肩负着灌溉、发电、航运等任务。尼尔基水利枢纽将我们对嫩江的记忆都封在了水泥砖瓦中，却为国计民生发挥着不可替代的作用。

某个夏季，嫩江紫色的黄昏

  1998年，嫩江泛滥得较为凶猛，独角龙，那时你在哪里，在干吗？
  现在一定也有人在正月十五的晚上去往大坝后面宽阔的冰面上"滚冰"，这是我所猜想的，因为那实在太遥远，特别想"滚冰"的人只能开着轿车完成那漫长的路程，过去人们成群结队地前往"东江燕儿"的情景已经无法重现。
  我时常想象着，独角龙依然随意选择5月的一天，用它坚硬无比的角把厚厚的冰层划破。它的角显得很孤单,因为再也没有人渴望听到冰层碎裂的咔咔声,它的工作对人们突然失去了意义。而它始终是自然之子,任性也好,暴戾也罢,它始终铭记着自己的职责。

有些事,只能自己做,不需要观众,不需要掌声。

尼尔基水利枢纽大坝下的江水忘情地流淌着,似乎在渐渐冲淡着独角龙的传说。可是我想说:独角龙,你别怕孤单,总会有人记得你,会有人来看你勇敢地破冰而游,看你让鱼儿虾儿重见阳光的那一刻——这是我给你的承诺。

故乡，或归宿

妈妈打趣说，我们家乡的全称估计是地球上最长的一个地名。全称是中华人民共和国内蒙古自治区呼伦贝尔市莫力达瓦达斡尔族自治旗尼尔基镇。

过去我一直生活在尼尔基镇，所以家乡的全称很遗憾的就只能是这三十三个字了。但是我初高中的很多同学，他们可以在这三十三个字后面再加上"塔温敖宝乡""汉古尔河乡""西瓦尔图乡"等等，使得他们家乡的全称有三十八字之多。

记得刚刚学会写信的时候，寄信人处总是以密密麻麻的小字将除了"中华人民共和国"的二十六个字填得满满登登，生怕别人回信的时候写漏一点而使信件无法到达我这稍显偏僻的家乡。那时候，邮政编码在我眼里没有任何概念，我只是头脑空白地背着，机械地在信封上写着——162850，背下来，就一生都忘不了了。

因为在我远离家乡后，这邮编就要写在信封的上头了。

我的汉族朋友们从没有向我询问过"莫力达瓦"到底是什么意思，特别是大城市的那些汉族朋友，仿佛在他们的认知中，与少数民族有关的，多是离奇的传说。他们喜欢询问与生活息息相关的问题，诸如，你们住在草原上吗？住蒙古包吗？你们吃大米吗？你们是不是骑在马上上网？

我从不因他们的无知而恼怒，信息原本就是需要传播的，我何不做一个媒介呢？我会笑着告诉他们：在共产党的领导下，我们住楼房或平房，我们的饮食和你们一样，我们的通讯也很发达，我们的交通工具也是汽车。

我没有说火车，因为莫力达瓦旗位于嫩江河畔，从未通过火车。可是这并不会导致我们闭塞，去往最近一个有火车站的城镇，开着轿车也就二十多分钟。当然并非人人都有轿车，所以"不通火车"这个现实成全了很多没有正式工作的人，他们开着小轿车专门有偿接送去邻镇坐火车的人们。

他们将车统一停在停车场内，自己则到旁边市场吆喝。他们的吆喝声都一样，这个车走了，那个车的师傅就开始吆喝，所以家住市场附近的我，一整天都能感觉到他们在吆喝：去讷河啊？去讷河啊？那声音里充满对生活的向往，充满渴望，在那声音里仿佛就能听见他们赚了钱，打发儿子去买酱油的情景。

在我远离家乡后，虽然每次回家下火车的地方并不是我的

达斡尔族传统烟囱比人还高

家乡,但是这些司机站在出站口的停车场向拎着行李的旅人们吆喝:去莫旗的吗?听见这熟悉的乡音,我内心中沉睡的归属感在另一个地域就开始提前燃烧,我会欣然地点点头,仿佛"去莫旗的"是无比自豪的,然后随便走向一个轿车,坐在车里,心就停驻了。

如果幸运,我可以坐在副驾驶的位置上。夏天的时候,望着最远方天地相接的地方，天与地似乎没有界限，你老是有一个错觉，再向前吧，那里一定是天涯海角。天空蓝得像一场梦，蓝得那么虚无缥缈，蓝得像要滴水，蓝得那么磅礴，你会讶异，天公在这个地方竟会如此不公地毫不吝惜他的油彩。

　　我还看到过云山。大块大块的云朵肥硕而富有，像一群丰满的贵妇，白嫩嫩地懒卧在蓝天里，在阳光的照耀下熠熠发光，使得高高的云山看上去好像藏着什么珍宝在里面。假若是一个牧民，也许他会欣喜地臆想，如果这些云朵都是绵羊，他该多么富有；假若是一个孩童，也许他会天真地幻想，如果这些云朵都是棉花糖，他该多么幸福。可我只是一个平凡的女子，一个从远处归来的游子，我能想象的就是假若有一天能腾云驾雾，一定要睡在肥硕的云山里。

　　如果是冬天，火车又正点到达，我能在车里感受到天色的渐变，起初还能看到远处的火烧云——那代表思念的云彩，我会想起小时候妈妈眺望着映红一切的夕阳，告诉我：明天会是个晴天。轿车不顾一切地继续向家的方向行驶，视线却在夕阳西下之后，越变越窄，最后只能看着被汽车大灯照亮的一小块高速公路连招呼都来不及打就从车底向后方奔跑而去。

　　那唯一一列得以让我归乡的火车其实一年四季都是傍晚时分到达邻镇。在我还是个学生时，一年之中我只在夏冬两季分

故乡的蓝天、白云和绿地

别回家一次,而家乡迎接我的面容却在这两个季节里大相径庭。冬季时,还未到傍晚,她就慌忙地将自己的面容隐匿在长长的夜里。

倘若在这一方土地过一个冬天,就可以切身体会"夜长梦多"的感觉——深冬,太阳在下午4点就提前离岗,直到第二天早上8点才肯懒洋洋地露出脸。不过别以为它占了什么便宜,到了夏天,凌晨3点它就开始在江面上跃跃欲出,晚上八九点才舍得回去。也许它也像那些疯孩子一样，钟爱莫力达瓦的夏季，跑出门就不想回家，直到肚子提出强烈抗议。

而我害怕莫力达瓦夏季的太阳，因为它太毒辣。

但是这个害怕并不是与生俱来的。在我也还是个疯孩子的时候，我从不知道自己的皮肤其实很白，每到夏季，太阳就义务地为我穿上一件透明的贴身 T 恤——我的胳膊是黝黑的，身上是白嫩的，当然，脸也晒得非常黑。

女大十八变后，我才开始害怕家乡的太阳，遂以各种方式躲闪：涂厚厚的防晒霜、打着遮阳伞、尽量在阴凉处行走。这里的太阳的个性也像这里的人，很直，只有它直射你的时候才能将它的威力显示出来，一旦步入阴凉处，再来几丝微风，火气顿时削减。不像中部和南方的城市，哪怕太阳看上去只是个弱小的光晕，你却无处躲藏它带来的炎热，只能依赖化学或物理力量——开空调或者电风扇。

在莫力达瓦旗过夏季，如果刚好赶上正午出门，我会埋怨这太阳竟然垂直射向地面，也许正午是它最没心没肺的时候。可是如若去买几个香瓜，当瓜吃到嘴里的时候，却恨不能飞上天去亲上太阳几口，因为只有家乡的香瓜香得醉人，甜得无拘无束。妈妈说，这完全是由于太阳的毒辣以及这个地区早晚温差太大，同理得出西北尤其是新疆瓜果香甜的原因。

尼尔基镇的中心街

　　多雨水的夏季,香瓜的香甜会打折扣。有的瓜一切开,里面橙色的瓜瓤就很窝囊地受到地心引力的影响,不成形地流淌,看到这样的瓜瓤,就知道这个瓜一定不甜,甜香瓜的瓜瓤是很结实地牢牢地固定在一起的。多雨水的夏季,就像给锅里多加了水,本来要煮的米饭变成了稀粥一样。

　　主观感觉我已太久没吃过家乡的香瓜了,其实也不过一年多而已。曾经在其他城市看到过别的模样的"香瓜",那瓜的味道像被开水稀释了几倍,我在心里告诉自己:这是山寨的!家乡的夏季很短，能敞开肚皮吃香瓜的日子只有8月左右那一个多月的时间，能完全算作夏季的日子也只有那一个多月时间。贪玩一个暑假不回家，就要等到第二年才能慰劳自己胃里的思乡酶，同时还要祈祷少些雨。

在莫力达瓦这个纬度的地区淋雨，估计都算不得是件美事。太阳被乌云一遮，它直肠子的性格使得它的温暖无计可施。雨水落在身上，激起的可不是缠绵的浪漫，而是一身鸡皮疙瘩。这里的雨时常是阵雨，来得没有任何警告，去得也让你没有任何心理准备，雨滴也似这里人的性格——豪放而粗犷，那雨滴不是落在地上，而几乎是砸在地上，恨不能砸出个坑来。

我曾经很愚蠢地试图跟阵雨赛跑。

当时大家都若无其事地走在路上，忽然一个粗犷得像铜钱那么大的雨滴毫无预兆地砸在地上，它刚刚引起我的注意，数也数不清的大雨滴就开始密密麻麻地砸下来。我开始奔跑，当然路人都在奔跑，路人们都迅速就近到路旁的店铺躲雨，我却往家的方向跑，因为我很愚蠢地认为我的家很近。等我意识到整个大街上只有我一个人的时候，我的棉布短裤短袖加上内裤内衣已经湿透，躲雨的人们都不解地望着我这个落汤鸡。我已没有躲雨的必要，所以我带着一身的雨水一身的鸡皮疙瘩步行回家，因为当时只有十几岁的我认为只有沉着才能挽回我的些许面子。

莫力达瓦的人们似乎永远学不会未雨绸缪,所以每当阵雨来临的时候,你可以看到街上的男男女女、老老少少都捂着头慌乱地奔跑着,质朴而可爱。当他们就近进入一家店铺避雨时,店主会默许,或者投以理解的微笑,甚至热情地招呼这些"落难"的老乡。

曾有一位腻烦雨的朋友从四川成都乘着火车到遥远的莫力达瓦寻风。他的歪理曾经也让我腻烦过一阵雨,他用"川普"对我说:"你咋能淋雨呢?雨都是地上的水蒸发到天上变成云朵再落下来的,等于说,尿啊脏水啊都会一起蒸发上去,所以雨是非常脏的!"成都是个多绵雨却无风的城市,我不能想象属于他的只有"脏雨"而没有风的童年是怎样的?

儿时的风似乎还没练就现在的这种高嗓音,那时的风呼啸的时候很少,那时可以用"春风拂面"这个词来形容惬意的心情。春风吹着满街的杨树沙沙耳语,5月中旬,绿色的杨树籽一粒一粒随意地落在地上,摆出各种造型,待风吹干了它们的水分,雪白的杨絮就跳出来肆意在风中起舞,经常忘我地舞到行人的鼻孔里、耳孔里、头发里……得意忘形总不是什么好事,这些自作主张意图美化大街行人的杨树多年前就被垂柳代替。垂柳也是风中的舞者,舞得内敛娇柔,舞得旁若无人,像一个真正的艺术家，只舞给自己内心的情愫。

等我开始留意起自己的发型时，我已不再是那个迎风傻笑或张嘴傻看天上风筝的孩子，我突然发现风对我很不利，时常把我柔顺的齐刘海儿吹成中分。烈风直直地吹向我的眉心，等我步行二十分钟放学到家的时候，已被吹得头昏脑涨。这样的大风不像江河湖海边的那种大风，这样的大风干燥而带有袭击意味。不知从什么时候起，春风已经不再"拂面"，而是对脸狠狠"抽打"，边打还边大声吼叫，它的吼叫声就像一头猛兽的低嚎，在警告你：不要再破坏生态！

莫力达瓦的风不但会吼叫，还有味道。每次被风吹了以后，皮肤上都有一股又野又腥的味道，这味道很有沧桑

时而出现的印象派风格的云景

感，让你想知道风是从哪儿吹来的，想知道它一路都看到些什

么。我是一个对味道很敏感的人，后来发现只有莫力达瓦的风才能吹出这种熟悉的味道，也许是因为风每吹到一个不同的地方，它的心情都不同，所以吹出的味道也都不一样吧？

我的故乡——莫力达瓦，有难以用文字描绘的蓝天，有毒辣却直率的烈日，有任性随意的阵雨，有会吼又有味儿的大风，我逃离了它们，却怀念它们。它们是自然的杰作，和它们一起，我才能确切地感受到：我是达斡尔族人，是莫力达瓦的女儿。

只有远离的游子，才会使用"故乡"这个词。

一位朋友在诗中这样说道：

……这么个小地方就叫故乡，

外面的世界，多大也叫流浪。

可是有些人注定是要流浪的，就像一颗落入水中的松塔，注定要随流水漂向远方；或者像曾经的杨絮在风中飞舞，越舞越远，也许在其他地方扎根，也许持续飘零——流浪有时也是一种归宿，因为归宿并非一定要将船靠岸。

在奔驰的火车里流浪，看着窗外的景致不知疲惫地更换着，时而还有一些活物闯进画面，我会立马拿起手机拍几张辽阔的平原，准备拿给生活在高楼大厦里的朋友们看。不需要多好的摄影技术，只要框进镜头，那辽阔一目了然。

曾经有旅途中的朋友问我：你是哪的？我答：莫力达瓦的。没听说过的人一般会摇摇头，我会耐心解释：内蒙古，属于呼伦贝尔；听说过的人则会说：那里的人野蛮吧？两句不对就打起来了；还有的说，听说你们那儿的人特别能喝酒。想来他们也是听说，

通往故乡或离开故乡，都是这条道路

却不是道听途说，天高水长养育的是血气方刚的性格：你可别惹我，却也不打不相识，即使打得鼻青脸肿，坐下喝酒，依然谈笑风生。我曾经幻想过，难道这里就是传说中的"江湖"？难不成个个都是好汉？肚子里能装的只有酒，而昨日的仇怨早已随风飘散。

远去的游子在风中飘远,时而把故乡怀念,然而不论他们的归宿在何方,在这蓝天下长高的身躯,被烈日照耀的肌肤鲜血,被雨水淋过的爽朗性格,被风吹出的豪迈之气却一生一世都不会改变!

最后的莫日根

一

曾经邂逅过一只自由的狐狸,在110国道上。

两旁无边的田野让国道看上去像一根灰色的鹅肠,是那种还没有被滚烫的火锅加工过的鹅肠,虽稍有蜿蜒,却平整绵延。

那只狐狸垂着硕大的尾巴从我们的车前从容地跑过,除了留下一双令人难忘的深褐色回眸的眼睛,它没有留下脚印。我们擦肩而过,车继续飞驰,它继续向远方跑去。

远方有一座原始森林,茂密、幽深。那紫色的雾霭是一道天然屏障。同去的朋友劝住我不愿停下的脚步,他说,那里有狼。我说,你怎么知道?他说他曾在森林更深的地方看到了狼粪。

令我信服的,不是我没嗅到的狼粪,而是那只颜色奶白的

一个狐狸皮毛缝制而成的垫子

狐狸。也许它正是传说中的那只列那狐，从西伯利亚南迁到大兴安岭，正为孩子的肚皮奔波着。也许它会狡猾地将那随地大便的狼耍得团团转。

我们没有进入神秘的原始森林，我们不是猎人，我们没有猎枪。

二

在我们的族语里,猎人被通称为"莫日根"。这是笨拙的音译,要发出这个音节,需要你的舌头非常柔软,在说"日"音的时候,舌尖轻微却迅速地一颤一卷。

这短暂的音节含着丰富的意味。你可以想象他骑在马上,英姿挺拔。他不需要身型高大,却要品行优良;他不需要貌若潘安,却要勇敢坚毅;他不需要才高八斗,却要果决友善。他一定要有两个朋友相伴,一个是马,一个是枪。他猎杀林间动物,却也因它们的死去而悲伤。

当然,并不是每个拍马持枪入林的人都可以称为"莫日根"。儿时,在一个停电的傍晚,看着园子里的果树野草的清晰脉络渐渐融进黑夜,老人给我讲了一个至今都令我嗤之以鼻的民间传说——

从前,不知前到猴年马月,有位不知道姓甚名谁的莫日根。故事里没有记录他的模样,只知道他枪法精湛,弹无虚发。他也和其他村屯的莫日根一样,每当狩猎归来,都会将猎获的肉分一些给村里的鳏寡孤独之人——这是达斡尔人自古的传统,因此历史上从未有过因饥饿而死的达斡尔人。

莫日根拥有很高的威望,像他这样的神枪手并不是辈辈皆出的。木秀于林时,就一定会出现嫉妒嗔恨的家伙,只是这次前来挑衅的并不是另一位莫日根,而是一只成精的狐狸。

老狐狸在朝阳晖晖的时候跑到莫日根家的大门口,抬起侧腿将骚尿尿在门桩上,连续三天,臭不可闻。莫日根终于按捺不住,他端起黑猎枪,骑上黄骠马,在第四天老狐狸一出现的时候,便策马狂追。

狐狸一路奔,莫日根便一路撵。狐狸奔了多远,他便撵了多远。一路上,莫日根一直端枪射向那只胆敢前来滋事的狐狸,可不同于往日,明明瞄准的子弹却总是阴差阳错地落于老狐狸身旁的雪地里。雪地开出朵朵被子弹炸开的花,就是不见丝毫血迹。

他跑了整整一天,眼看天就要暗了,黄骠马滴下的汗流成了一个小溪,可莫日根绝不放弃,他作为神枪手的名誉一定要以狐狸的尸体来见证。狐狸也继续奔跑着,终于,它来到险峻的悬崖边。

除了鸟,没有任何生物能攀上那悬崖顶端的片石。成精的狐狸几乎是破釜沉舟地向上奔去，它坚信只要爬了上去，它就是最后的赢家。它成功了，可就在它回头的那一刻，莫日根也已驱马而至。老狐狸真的折服了，在这场挑衅中，它在此刻是五体投地地折服，它望着已要近身的一人一马，张嘴喝彩，喊道："好！"

狐狸竟说了人话，人马俱惊，突然失重，便向悬崖下倒去，那不堪重负的片石也碎裂了，原本的"豪杰"化作了三具尸体，永远长埋于深谷之中……

传统的桦皮船，现在通常作为手工艺品进行展示

他们的死似乎很有争强斗狠而后两败俱死的感觉，猎人再也不能为村屯做贡献，好不容易成了精的狐狸也在通往仙家的路上半途而废。"古惑仔"互相厮杀还有地盘之利的原因，这两个"豪杰"既无侠气也无义气。这样的死法，让这个无名氏在我心里成了一个心智不成熟的普通青年，我立刻没收他的"莫日根"称号。

三

猎人，是穿梭于丛林间的勇士。

他并不会专以杀戮取乐，也不以与猛兽较量来衡量能力。他夺取其他物种的生命只是为了果腹、取暖，以及用多余的皮张交换回生活所需的食盐、子弹、布料或者孩子的玩具等物品，如同临海的人打鱼、草原的人放牧、田间的人耕犁。

我是一个达斡尔族姑娘。我的族人与鄂伦春族、鄂温克族共同生活在大兴安岭，都曾以狩猎为生产生活的主要方式。如同我在散文《吃生肉的人》里说的一样，20世纪80年代生于边地小镇的我，从没有见过猎枪和端着猎枪的活人，无论怎样这份遗憾在我心里都挥之不去。博物馆里的蜡像告诉我，猎人们周身覆着狍皮或鹿皮，从头到脚，帽子和长靴都是粗糙的"皮草"。

苏莫日根舅舅

不像如今的"贵妇",族人曾习惯身着动物皮毛并不是因为它稀有名贵,达斡尔族人从未掌握过轻工业,不懂纺织,不知道世界上还有个叫黄道婆的女人,没见过织布机,更不能像花木兰一样"唧唧复唧唧"。在北纬49°的酷寒下,只有将自己化身为膘肥毛厚的动物才能得以生存。也许正因如此,我们民族的不少女人都具有一个特质——一旦结婚生子,神灵便赐一个丰硕的屁股来御寒。

猎人,被博物馆的蜡像在我心上打了一个标签,每每提到这两个字,我联想起的都是那被动物皮毛覆盖得只露出脸的人。

可北纬49°也并不总是常年落满白雪。

　　这里有短暂的夏日，也可以热得让人周身发黏。这个季节的松鼠会失去那条与身等长蓬松的大尾巴，尾上的厚毛褪尽，看上去倒跟老鼠差不多。其他动物的毛也从冬季的厚重褪到轻薄。

　　没见过棉花的族人依然只能从动物身上索取材料制作夏装，同样是从猎获的动物身上剥下的整块"皮草"，只是需要去毛，熟软，缝制，比制作冬季的衣服还要麻烦。

　　固然不是以棉线来缝，手艺精湛的女人从猎回的鹿或狍体内抽出筋，经过繁复加工后使其变成"线"；再将成片的皮裁剪，缝成裤子、裙子、衣服。不知那些

一个改良的工艺品狍皮包

穿着兽皮、露着大腿的猎人行走在丛林间,会不会很有一种"人猿泰山"的模样?

如今,这工艺已湮没在历史之河,化作一粒河沙。

四

有时候,除了马和枪,猎人还有另外两个朋友。

它们的名字经常被当作贬义——武侠电视剧里有一句熟烂的台词:朝廷鹰犬。不过总好过"走狗"这词,有了一个"鹰"字,似乎意味着这人至少是个能人异士。

犬,总是忠诚的,它对人的热爱与生俱来,自远古母系氏族,犬就为人类所用,它的忠诚通常使它是一个从属、一个附加,因为它的忠诚没有代价,不需底线。虽说猎人养的狗便成了猎犬,掌握的技能也较普通狗多,但它始终不渝地唯猎人马首是瞻。

可鹰不同,它不是人类天生的朋友。

它需要经过落入圈套,被擒,再经过激烈地、长久地负隅顽抗这些过程后,被迫成为猎人的伙伴。而这个过程,被称为"熬鹰"。

被生擒的鹞鹰永远都是以它的愤怒作为"熬鹰"的开始。

苏莫日根舅舅和他的猎犬

　　猎人用皮绳将鹰的双脚系在横放的木桩上，让它多次挥动翅膀企图飞走的行为变得徒劳；鹰的愤怒渐渐疲软，到了深夜，它想睡觉，可猎人们轮流用一根细木棍不停拨弄它，它愤怒的情绪又被激起，用它尖细如弯钩一样的喙狠命地叨那根无辜的木棍，可终究是徒劳的。

　　猎人们没日没夜地拨弄它，不喂食不喂水，三五天后，鹞鹰便筋疲力尽，猎人们在它奄奄一息时"乘虚而入"，扮演救世主的角色，给它吃喝，这傻傻的小家伙便感恩戴德地像犬一样唯猎人马首是瞻了。

我忘了在哪里见过这样的形象——和博物馆里蜡像猎人一模一样的人骑在马上，小臂上立着一只鹞鹰。猎人要将自己的大臂端平，小臂与大臂呈90°直角，让鹞鹰稳稳地用两个利爪抓住他的皮衣。这应该是狩猎的预备姿势。因为在我的印象里，这个猎人即将微振手臂，鹞鹰便展开双翅向奔跑中的猎物飞去……

我曾有幸与一只尚未成年的鹞鹰面面相觑，那是在母亲一位朋友家一个6楼的房间里。我见到它的时候，它早已放弃之前每日拼命向玻璃窗冲撞的徒劳之举，它肯定以为可以让自己振翅高飞的天空就在眼前。

它的栖息之地是与天花板只有几十厘米之隔的铝制暖气管，有时是那个阿姨家壮硕的橡皮树。见到生人进屋，小鹞鹰惊恐地疯狂地扑扇翅膀，可楼房的天花板只有三米高，它怎么飞也总是离我们那么近。

后来，是一块精瘦肉安抚了它。阿姨非常自豪地像是表演一样切了一块瘦肉放在窗台，小鹞鹰飞下来用爪子踩住，而后低头用喙一次次地叼食，阿姨开心地对我们说："你看！你看！它就这么吃！"她为拥有了一个与众不同的宠物而欣喜、骄傲，且不管是她的夫君在林子网鸟时意外地套了谁家的"孩子"回来。

过了一些日子,听说那位阿姨终究因为于心不忍将小鹞鹰放生了,只是不知过惯了饭来张口的生活的它还能否在林中自由地翱翔长大。

五

野兽的眼睛在夜里是落下的星星。

扛着枪的人,不再需要马、犬、鹰。他们不叫猎人、不叫莫日根,他们被人厌恶地叫作偷猎者。偷猎者不用像莫日根一样,通过野兽的粪便和脚印来揣测它的体重和踪迹,不用花费很多的时间去追寻一头合适的猎物,不用整夜窝在雪地里只为一顿饱餐。

偷猎者就像投机倒把的商人,他们利用人类文明的发展"发明"了一种新型狩猎方式,方便快捷,被称作"照灯"打猎——他们的工具非常司空见惯,一台汽车、一个强光灯具,他们只需开着大车随意在林中停下,用长长的电线把强光灯具和汽车电瓶连接,然后在深夜探照那些草丛里的"星星"。

不需要任何技术含量,反正他们有的是时间,他们就像踩狗屎一样碰运气,能否遇到野兽或者遇到多少野兽,完全凭运气。当野兽们因为好奇而张开双眼,被强光照射的眼睛反射出的光芒，使它们成了偷猎者的靶子，偷猎者们只需在百十米射程内用装有高倍瞄准镜的步枪射杀。枪声落下，那些明亮的星星就永远地熄灭了。谁也来不及为它们的死去哭泣，因为偷猎者见到两个便射杀一双，从不手下留情，他们的杀戮毫无底线，他们的目的只有沾满血腥的铜臭。

一头误入村落的熊，合法被处死后，指甲作为工艺品售卖

我见过的那只自由的白狐，我为你祈祷，希望你那一身本是保护你的、用来御寒的美丽皮毛不要为你惹来杀身之祸，即便有祸，也希望你能逢凶化吉，让属于你的星星闪耀得更久一些。

六

在我以为莫日根已经消亡的年代,还有一个猎人在坚守。

在大兴安岭腹地有一个曾经的猎民村,现在也盖起砖房、建起学校,这个自称"苏莫日根"的人便是这个学校的老师。他在狩猎的同时,也像我一样痛恨那些偷猎者,也痛恨那些因没有猎枪便在林中设下陷阱的村民。

他养着马、养着犬、养着刀,他像传统的猎人那般在林间穿梭、追踪,他喜欢将偶尔猎获的动物用马匹驮回村里,让猎犬在一旁轻松快乐地奔跑。与此同时,他也跟现代人一样使用手机、电脑,开博客、逛网页,曾在电影中客串过猎人群众演员的小角色,喜欢阅读海子的诗歌《面朝大海,春暖花开》,进山狩猎时还会带着路遥的长篇小说《平凡的世界》,若不是因为他不输给现代人的"潮",我还无法了解到在大山的皱褶里还有这样一个寂寞的莫日根。

在狩猎还是重要生产方式之一的年代,猎人们要去打猎通常会组成一个"阿讷个马贝",翻译成汉语大概是"野外露营狩猎小组"的意思。到了森林深处,每个猎人都有各自的职责——看帐篷煮饭的、专门驱赶动物的、原地伺机开枪的等等,

骑在马上的英武的苏莫日根舅舅

他们的分工就如同格林童话《老鼠、小鸟和香肠》一样，要根据每个人的特长承担不同的职责，比如，看帐篷煮饭的大概是枪法不佳的人。

可如今，这位苏莫日根要一个人完成一个"阿讷个马贝"要做的所有事——自己搭帐篷、自己拾干柴、自己去河边砍回冰块。我想象这样一个场景——过去"阿讷个马贝"的成员在进山的路上用达斡尔语互相开着玩笑,笑声惊飞飞禽,他们抽着旱烟,在林中留下他们的味道和踪迹;而苏莫日根,他的脚步无声,可能只是偶尔踩断一个枯枝,他的背影萧瑟,可能只是偶尔唤一唤由于得意忘形而跑远的狗,他骑在马上,会不会有一种"古道西风瘦马"的凄凉感?

有人骂他,有人颂他。

他说,我的所作所为,只是怕遗忘。

每当我看到他射杀一只野鸭,我会因为无辜的死亡而悲愤;可再当我看到他骑在马上那似来自血缘的模样,我又因民俗的保留而欣喜。这是一种两难的心境,就像鄂温克族作家乌热尔图在他的随笔《猎枪在颤抖》中说的那样:

> ……叫我担心的是当我再一次端起不肯放下的猎枪的时候,它在我的手中也许会抖动、会尖叫,那将令我伤心,因为我承接的是一种文化,就我个人而言,也养成了一些林中猎手难以祛除的恶习,变成一个做梦都在出猎的、处于两难心态的狩猎者。

虽然苏莫日根以他自己的生命在坚守着,他偶尔也会带自己的儿子进入山林纵马狂奔,吸纳原始的、血性的气息,可他依然不能以儿子的前途为代价,依然要让儿子参加高考,去往更广博的世界。

"外面的世界很精彩,外面的世界很无奈",我们即便是石头,也会被时代的洪流冲刷成沙。

他们,是最后的莫日根,我真不知是该庆幸,还是悲哀。

地板娇黄的屋子

一

老姨回来以后，那屋的地板被刷成了奶黄色，就如同雪白的奶油雪糕化了之后在冰柜里重新冻住，雪糕边缘有些地方的颜色会变深，那屋的地板就是那样的颜色。不管之前或者之后，它呈现过其他色彩，我对它的印象就停留在新鲜的、娇嫩的奶黄色。

那屋最开始住的人是姥爷。

但听妈妈说，在整个房子的格局还没有改动的时候，她也曾在那屋住过。那个时候，那屋的门框是月亮的形状，圆圆地落在地上，门板是折叠的。我所能想象出来的门的模样只能从古装电视剧里的大宅里寻。那是姥姥的杰作，据说全家人每个冬天由于姥姥莫名钟爱的这种艺术感而忍寒挨冻——这种门要对付东北平原冬天零下30摄氏度的气温实在是螳臂挡车。

除了圆圆的月亮门，姥姥还设计了两个椭圆形的鹅蛋门，不知道几十年前那些老实巴交的工匠如何执行了姥姥"匪夷所思"的想法。一个身材矮小、汉语说得又不太好的达斡尔族人民警察在修葺自家房屋的过程中，无师自通地化身成一个室内设计师。那些苦不堪言的工匠所不知道的是，姥姥所有的灵感都来自一个画本——《西厢记》。

姥姥和我

记得我儿时每每看画本的时候都急不可待地浏览每页图片下方的文字，偶尔瞟一眼画里的人，主要是主人公，对于配角都很难抽出时间给他们,就像现在看电影,看屏幕下方的字幕,看主演。不知道姥姥是如何穿透故事、穿透人物看到了画师精心创作的背景,她的行为倒很像我现在认识的某些导演朋友,他们时常令人惊讶地留意着电影里的一切细节。

除了与严寒有悖,室内漂亮的月亮门和做工精细的镂空亮子(门上部的窗)与室外院子里的奶牛洋草以及空气里弥漫的牛粪味才是更加诡异的组合,可姥姥的固执超越了一切,矮胖的身体就像一块敦实的石头。直到她去世,她不切实际的生活梦想对于全家人来说"终于"结束了,妈妈"终于"可以雇工匠拆了月亮门,修起挡风墙,这个房子就变成了我后来所看到的常规模样。

唯有一个鹅蛋门被保留下来,在入门正对三米处,两边是墙,于是这个走廊变得像一个隧道,我每次穿过鹅蛋门进入昏暗的厨房时,都有一种穿越时空的感觉,有一种和姥姥亲密接触的感觉。

二

从我记事起,那屋住的人就是姥爷。我和妈妈住在西北角小屋里新砌的火炕上,据说姥姥在的时候,那里曾是厨房。我们小屋的外面是一个很大的客厅，客厅的门跟姥爷那屋的门正对着分布在走廊两边，是那种拉着弹簧的木质门。每次家里来客人的时候，不管是亲戚还是朋友，大家从不到我们的客厅来，而是直接进入姥爷的屋子，坐在他偌大的炕上，不知道是不是因为那屋有一个12英寸的彩色电视机。

我所认识的姥爷已经不是老姨和妈妈笔下的那个酒鬼"恶魔"。他总是穿着一身浅灰色的中山装，戴着一个米色的宽檐布帽，坐在正门前面水泥地上摆着的一个小板凳上。那个板凳是摆在那里而不是钉在那里，可是不知道为什么姥爷每天坐的位置都一样，坐在那里晒太阳、临风、吐痰，看几米远的大门外走过形形色色的人，就像看一个荧屏。

妈妈说，姥爷总是拖着偏瘫的身子，右手挂着拐杖，左手夹在肋下领着我去不远的老田家小卖店买零食。我一点都不记得了，只知道姥爷如果不坐在门口的小板凳上，就在那屋看12英寸的电视。

电视上有8个按钮，是8个频道，那个扁扁的按钮按下去会发出咔嗒一声，按下这个钮，另一个就会弹起来，就像在打地鼠，所以我很热衷于做姥爷甚至全家人的人体遥控器。就算没人"指使"我，我偶尔也会带着小伙伴站在那里偷偷地疯狂地"打地鼠"，听着按钮们被死死按下去之后不停发出的咔嗒咔嗒

带回都市新风的摩登女郎老姨

声,成就感十足。电视开着的时候,如果按钮没有被死死按下去,那么会出现所有按钮都挺立着的情况,这个时候,电视上的画面会消失,布满不断跳动的黑白雪花,近距离观看刺得我眼睛胀疼,所以按钮必须"死死"按下,彻底!不留余地!然后彩色的画面又出现了,感觉自己像个魔术师。

电视被偷的事我不确定发生在姥爷去世之前还是之后。姥爷去世的时候是深夜,我似乎听到一些熙攘的声音,隔着客厅看到那屋恍惚的灯光,第二天却是在大姨家的炕上醒来的。大人们都不知去向,只有表哥表姐陪着我,我再回家的时候已经找不到姥爷了。直到现在我还是感觉姥爷去世这件事在我心里那么轻描淡写，没有看到他静静地躺在什么地方，没有看到一张表情和蔼的黑白照片，没有看到全家人穿着丧服的情景，没有听到撕心裂肺的哭泣，什么都没有，只是从那个夜晚之后，我的生命中再也没有姥爷这个人了。

三

老姨是在那屋住的时间最长的人。她是一个把炕当床的人。

住过炕的人都知道炕是一个正方形或者近似正方形的长方形，一般比板凳高，四边至少有两边是跟墙成90°角砌在一起的，如果第三边也挨着墙，那一定是有窗户的那面墙。人们会选择炕上两面都有墙的"安全区域"摞叠好的被褥，一层一层摞上去，之后用一张被单好好地蒙上，不是简单地随便一蒙，而是把这个由被褥摞成的长方体没挨墙的两面都整齐地盖好。我妈妈会在长方体的上方折出一个三角形，它是多余被单重叠的地方。于是这个长方体就有了名字——被垛，而这个行为则被称作"扇被单儿"。

姥爷没去世之前，我总看到妈妈站在那屋的炕上扇被单儿的情景；老姨回来之后，那屋的被垛就消失了。她把好几层褥子铺在炕的中央，蜡染的床单就那么散在褥子四周，被子安然得像一个锅盖盖在褥子和枕头之上，每到晚上她钻进去就睡了。有的时候，她躺在被窝里和我们一起看电视——一台新买的21英寸大彩电，有遥控器，我不用再跑过去按出咔嗒的声音。妈妈盘腿坐在炕上按那个遥控器上的塑料按钮，毫无声音，现在回想起来，总是给她安上颐指气使的神情。

我从心底里认同老姨从不叠被的行为，打小就对叠被有一种抵触——每天晚上一层一层地铺好，睡一觉，早上又一层一层地叠回去，觉得甚是多余。老姨的行为让我有了勇气，开始向妈妈抱怨，妈妈是那种冷不丁就毒舌一下的女人，她答：那你还吃饭干什么？反正吃了也要拉掉。多年后看到韩寒也有这种理论——为什么要叠被呢？反正是要铺开来睡的。颇有一种英雄所见略同之感。

老姨有的时候不喜欢我去她的屋子玩，可能是因为她要写作，也可能是因为，用她们的话说，我屁股上有钩子，总在她的"床上""委嗤"，把她铺得像睡美人似的被褥坐得皱皱巴巴、面目全非。后来，她提议把大彩电搬到我和妈妈住的小屋，兴许是她受不了我一到假期就一下午一下午地看《新白娘子传奇》吧。没了电视，尽管很渴望，但好像很难再理直气壮地进她房间，她话少，坐在她的炕上，没什么聊的，没什么玩的，虽然我很小，但也有些许尴尬的感受。

姥爷和我

后来，准姨夫的到来再次成了我大摇大摆进她房间的理由，有时候把大摇大摆换成火速奔跑——每天傍晚放学，冲进她的房间，把地板踏得"啪啪"响，把准姨夫泡在杯子里的红茶一喝到底。要说杯子，真是巨大，可也不是什么真正的杯子，是以前装雀巢速溶咖啡的玻璃罐，那个时候的人总喜欢用罐头瓶当杯子，粗粗胖胖的，姨夫的雀巢咖啡罐还算比较有造型的了。

我很爱姨夫这个人，他总把我逗得咯咯笑，总伸出他那曾经被树枝捅穿的舌头吓唬我。我爱那个时候家里的气氛，他的到来让我的家从温暖变成了热烈。

可我并不知道他有一天是要将老姨带走的,带到一个离我的家乡有上百公里远的城市。火焰一般的热烈应是有代价的,你燃起了火堆,总要烧掉一些树枝,等火熄灭的时候,那凉意就更明显。

老姨走了以后,那屋的炕上没了被垛,也没了被窝。

只有一张格子花纹的地板革,上面不时落些灰尘。

四

房子空荡荡的,日子久了,漫长的寒冬就更难挨。

那时候,一个叫荣芳的表姨刚刚离婚,带着一个叫小雪的孩子,四五岁。她的前夫是旗乌兰牧骑歌舞团的一个舞蹈演员,只不过这个男人并不以舞出名,而是以"酒鬼"闻名于大街小巷。

表姨带着小雪搬进了那个地板还没有褪色的房间。她是一个歌手,嗓门何止嘹亮,每每说话都似乎将屋内的气温升高。小雪理着短发,像长在头上的绒毛,介于金色和亚麻色之间,有一些达斡尔族人天生像染过头发。她骨骼精细,身上没多少肉,却淘气得像一只小山羊。虽然我才三年级,但是我的个头已经很高了,总坐在班级的最后一排。小雪是一个小矮人,她的头只到我的腰,她总是用双臂环住我的臀,使劲地抬头看我傻乐。

妈妈是在那个时候买了"黑耳朵"给我,一个耳朵黑黑、眼睛黑黑、身上有黑色斑点的草兔。那是我第一次见到兔子,竟然不是传说中的浑身雪白白、双眼红通通,我傻了吧唧地料定它是一只非凡的兔子。它喜欢串门,总在各屋窜来窜去,总大摇大摆地跳进那个屋子,有时把从别处踩来的土印在娇黄的地板上,像以前的我。

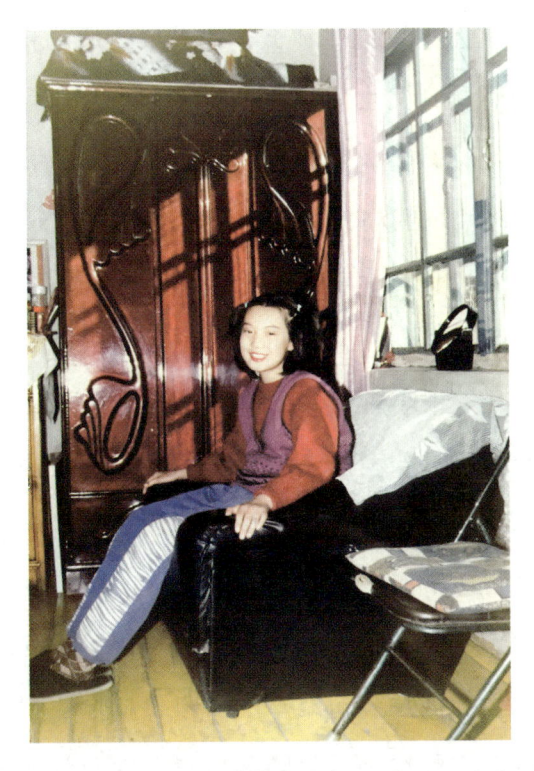

荣芳姨住的时期,娇黄的地板已呈现斑驳陈旧

她们来了不久以后，小雪被表姨改名为娥眉，我猜想她是想跟过去彻底告别吧，可"酒鬼"并不这么想，总要来看女儿。我见天听表姨嘴里提起他总是充满蔑视，以至于我每次听到他的名字也下意识地撇着嘴。在表姨的描述中，他似乎没有一天不是烂醉如泥，可他来看女儿的那天却非常清醒。

他拎着一袋水果从我们家院子的大门小心翼翼地走近我们，客气地跟妈妈还有我打了招呼。我并没有见到他抱小雪的样子，也听不见他们在屋子里说些什么，他进去之后就将那屋的门半掩着，可我能感受到父女重聚之后的喜悦、幸福、兴奋，好像什么字眼也不足以表达，那是我从没感受过的。我只记得我也曾从远处张开双臂向我高大的父亲奔去，当我到了他的面前时，他只是冷冷地说，他马上就要离开了，身边还站着那个把他抢走的女人。

那天，我用一根小树枝打我的猫，它发出前所未有的惨叫。妈妈从厨房出来后并没有责备我，她问我是不是因为正军来看小雪让我想起了爸爸。我扑到她的怀里号啕大哭，我说，我的爸爸连一个"酒鬼"都不如。

表姨和小雪好像是我不在家的时候搬走的，我脑中从没有那样一个印象，她们在装包装车的印象，就像我不知道她们当初是怎么来的，突然在一个放学的傍晚，她们就出现在那个屋子，突然在一个放学的傍晚，她们又消失了。搬走的原因我也不甚清楚，至今也没有问。只记得当初的我并没有害怕她们的离开，也许是因为我更害怕看到他们父女一次又一次在我眼前重聚吧。

有一天，我和妈妈锁门正要走，突然听见已经空荡荡的那屋传来击打地板的声音，那频率比人的脚步快得多，我们好奇起来，伏在窗户一看，是"黑耳朵"在试图跃到炕上——它从远处狠命地奔跑，往炕边上一跳。我们观看的时候，它一次也没有成功，不过应该有成功的时候，因为电视机搬回去没多久，遥控器上的按钮就已经被它全部咬掉了。

我想，也好，那偌大的屋子放一个21英寸的彩电，那偌大的炕上蹲着一只黑耳朵黑眼睛的兔子。

五

表姨她们在的时候，那屋的地板就已经斑驳了，一块一块地磨损，像一朵一朵酱色的碎花。表姨爱穿高跟鞋，有着坚硬的粗细不等的跟，所以她踩地板的声音跟我不一样，是咔咔声，非常铿锵，就像她的生命。

我再也不像老姨在的时候那样，每每踩在她亲手粉刷的地板上都小心翼翼、胆战心惊，我也不用担心把她的床单"委嗤"皱了之后她有些不悦的脸。我把我所有的玩具摆了一炕，在炕上随即挑选位置"铸造宫殿""建造村落"，以及坏蛋们的"巢穴"。

兔子丢了以后，电视又被妈妈折腾回了我们的小屋，妈妈似乎也放弃了家里会热闹起来的愿望，索性不拼命烧那屋的炕和火墙了，愈加寒冷的房间渐渐被摒弃，家里的猫咪也不爱进去。

我记得有一个夏天，我跟好友娃娃去她亲戚家玩，结果躺在人家的炕上睡着了，醒来的时候也不记得回家的路，直到她妈妈决定回去我们才离开。我到家的时候天还没有完全黑下来，但时间已近八点，我走进院子，看到整个房子灰蒙蒙一片，不知道是停电了还是妈妈没有开灯，总之那种朦胧的灰暗压抑着我。

走近房门时，看到妈妈坐在那屋炕上的身影，我抿着嘴唇走过去，她没有说一句话就把我按在炕上照着我的屁股拍了几下，并不疼，她哭泣的声音才让我疼。

她说，她走了好几个地方都找不到我。

我至今也没想通妈妈为什么会坐在那个房间等我，那屋的地板不是早就不再娇黄了吗？

六

1996年，我10岁，妈妈的单位盖起了家属楼，我们终于要告别这间有院子的平房。房子加院子连同我们所有人曾经的气息和一只黄白相间的虎斑猫一共卖了两万两千块钱。

妈妈在那间屋子空旷的炕上和地板上打包我们全部的家当。虎斑猫这个时候已经6岁了，它叫葛日威。当妈妈告诉它，我们就要搬到楼里，让它留在老房子的时候，它像默认了一般没有做任何辩白就垂着头走开了，只是显得有些难过。我看着妈妈在那个屋子打了无数个包裹，看着她用塑料绳捆了一个又一个，根本没有意识到这是我与那个屋子最后的交集。

听说这个有院子的平房是姥姥在20世纪70年代末盖起来的，虎斑猫葛日威是这个平房里唯一降生过的生命，被它的妈妈生在那个房间上面的二层棚里，是老姨使用那个房间的时期。姥姥在这个房子里死去，姥爷在这个房子里死去，葛日威的妈妈在这个房子里死去，我们一个接一个地离开了这个房子，留它做了最后的坚守。

我回去过，在门廊见过它一次，它不吃不喝不理人。

再去的时候，它也死了。院子里的树都被砍掉了，平房被

苏式三姐妹在被她们抛售已久的房子前合影,这个房子不久后也被铲平了

新主人刷成了其他的颜色——对我来说非常怪异且陌生的颜色。

年不圆

年是个怪物，对我来说，越来越是。

我已两年没有回我的家乡莫力达瓦过年了。这两个年，一次是在成都迎接了它，一次在北京对它不理不睬。

成都人的年与我经历过的没太大不同，只是从除夕到十五麻将声都惊天动地地响彻在家里。那是我快把自己嫁出去的一个年，也是第一个没有跟母亲在一起的年。我那个身高一米九的曾经准老公家中人丁兴旺，一百多平方米的房子里挤着十几口人。这个数字对我来说有些庞大，我整晚盯着液晶电视看哑剧，最终在午夜十二点与"一米九"在鞭炮声中爆发了一场悄悄话式的争吵。

我到现在也想不通究竟是他们家幸福的"噪音"将我驱赶，还是我与他终究无缘。我只知道我惧怕一年一度的噪音盛宴，也惧怕嫁到远方后母亲一人的孤独。

小的时候，年对我来说是新衣和鞭炮，一个令我期待不已，一个令我恐惧不堪，这两样东西在我印象中是铁打不变的年的标签。当然还有饺子，可我对饺子多半持着一种麻木不仁的态度，因为那个时候我还不是一个吃货，我先于吃货成了一个喜新厌旧的臭美妞。

大概是二年级的光景，新衣的标签被母亲无情地撤销了，她撤销的方式并不是以任何形式——例如口头或书面——来宣告，而是选择了沉默的"不作为"方式。那年老姨还没有出嫁，还是我们娘儿仨一起在寒冬里踩着冻雪穿梭在市场里办年货的时候，跟鸡鸭鱼肉饮料啤酒一样，新衣于我来说也是不可或缺的，甚至是理所当然的。直到那年的除夕夜，我才真正意识到这个属于我的流程被省略了，落空的感觉对我来说就像是奶油蛋糕里没有奶油、冰淇淋里没有冰，我先是惊诧不已，而后气急败坏。母亲的解释是：以前过年买新衣是由于我生长飞速，现在速度有所减缓，我可以捡大我十岁的表姐的衣服穿。

所以说，我对年的期待还能有多大呢？毕竟那时我并不懂得母亲以微薄的工资支撑一个家的艰难；毕竟那时我还是一个每到傍晚就要归家的小学生，并不懂得"团圆"二字的意义。因为人们总是先有离才能体会合，才渴望它。

不大记得7岁之前尚有父亲的年是怎样过的了，也不记得5

母亲和我

岁之前尚有姥爷的年是怎样过的。母亲说,父亲的确是与我们一同过过年的,并且是在我们那个在院落里种着樱桃树和稠李子树的平房里。据说,身为汉族的他总自感无法融入我们的生活,总是草率地离开,就像他在我7岁那年草率地离开了我跟母亲。于是,提起"年"这个字,对我来说,在所有的记忆里,父亲并不是其中一项元素。我似乎把他离开之前的七年连同他离开之后的每一年一并抹去了,在我脑海中,甚至没有一张他曾在那个平房中出现过的影像。我无法勾画出一幅他曾跟我们一起过年的幻想之图,如果生拉硬拽,那画面的诡异之感就如同在一个二维平面画中加上了一个 3D 人物。

不像姥爷，我对他所有的印象都与平房有关，他就是这个平房不可分割的一部分，我可以轻而易举地在我们娘儿仨过年的情景中随意将他添加进去，去想象我们曾四个人一起吃过年夜饭。

母亲、老姨和我三个人一起过年是我对年最初的真实记忆。

三个人都不是大嗓门，也不是喜欢喋喋不休的人，最多在看春晚的时候略作评论——有时是调侃，有时是批判，有时是赞扬，我们每年多出来的欢乐笑声还真要感谢赵丽蓉、赵本山、牛群、冯巩这些笑星。兴许是因为家里清静的气氛让母亲觉得不大符合过年的气氛，她总爱买些鞭炮，多半是鞭炮，放二踢脚是半大小伙子钟爱的"危险游戏"，而礼花又太贵。

过年的季节是深冬，我们院子里的果树都像脱发脱得无药可救的秃头，原本浓黑的土地在冬季便着上一件雪白的"棉袄"。偌大的院子被一条水泥小径一分为二，没有果树的一边挂着一根晾衣绳，它还有一个兼职，就是用来挂鞭炮。

母亲是一个非常喜欢仪式感的、具有浪漫情怀的女人，她要掐准时间，在饭菜都准备就绪后叫上我跟老姨一起站在院子里燃放鞭炮；同时，她又是一个非常强悍的女人，用现在的话来说，她是一个"女汉子"，而且是一个聪明的"女汉子"——

火柴太短，危险，她每每举着一根一端橘红的香点燃鞭炮，让仪式感显得更加浓烈。我每次都站在一旁，用两个食指狠劲堵住耳朵，目睹红色的鞭炮皮一点一点散落在白雪之上，像是给年这个家伙颁了一朵一朵小红花……

老房子院子里的雪人和我

我们这只有一个人钟爱火药的"三个火枪手"一起生活的日子也没能延续太长时间。1995 年，是属于我的年的一个分水岭，家里出现了一个"刺客"，将我们"三个火枪手"等腰三角形的模式彻底瓦解。那个"刺客"就叫作爱情——老姨远嫁到通辽，偌大的平房里就剩下我和母亲两人。于是，第二种形式的年出现在我的生命中，它横亘了我所拥有的二十几年的岁月里十五年的光阴。

不要觉得三个人跟两个人的区别不是很大。三个人可以组乐队，可以叫 Green Day 或者 Blink 182，他们可以各执一样乐器上台就演；可是两个人，不管是"凤凰传奇"还是"无印良品"，他们都需要其他乐队的伴奏才能彰显他们的精彩。在我们"三个火枪手"的一位成员"单飞"之后，我亲爱的大姨和她身后的一大家人每逢过年便邀请我和母亲，似乎他们知道我们两人再难唱出一曲完整的歌。有时不等到过年，中秋节、端午节就开始迫不及待地团聚了。

我还记得第一次到大姨家吃年夜饭的情景，那也是老姨嫁出去后第一次在外过年，她打来了拜年电话，我就是在那个情景下学会了我们民族话怎样说"哭"，当然哭的人是我。母亲对着电话那头问我为什么突然不说话的老姨说，"崴拉雅呗"。这一句话，令我刻骨至今。我得承认我当时有一种被背叛和被抛弃的双重忧伤，母亲告诉我：总有一天你也要嫁人的。

大姨家一共有五口人——他们夫妇二人以及我的三个表哥表姐，加上我们母女，七个人凑成一桌年夜饭。从那时开始，每个大年三十，我和母亲都要在空旷的街道上拦下一辆出租车前往大姨家过年。"年"的概念于我来说变得更加短促，短成了一顿饭。

大姨家的年夜饭每年都在除夕下午3点左右开席，但是3点之前，我们不被允许先到他们家去"添乱"，尽管母亲总想去"打个下手"。家族的人多半是喜静惮嚣之人，尽管七个人过年在别人看来应是略显冷清的，可有时我也分不清自己究竟是享受这种冷清，还是习惯了它。

我和母亲出发之前会在家里的门上、墙上、玻璃上把母亲精心挑选的对联和福字纷纷贴好。她以前总是习惯熬一碗糨糊，同样是仪式性很强的感觉。她信任糨糊，因为她看到很多人家用透明胶粘的对联被楼道里淘气的小孩撕得残缺不堪，她便只信任糨糊，对联和福字对她来说是团圆和好运的象征。后来在我也成为家里一名有发言权的人士之后，我毅然将糨糊改成了双面胶，因为每到新的一年，我们都要为去年涂的糨糊大费周章地做清除工作。好在曾经撕对联的小孩也跟我一样长大了，我们的对联便安然起来。

大姨不像母亲，即便是除夕，她的大半时间也是要付给厨房的，甚至比平时的时间更长，她不在乎放不放什么鞭炮，因为他们家还有一个人很擅长张罗这事——我的小表哥。母亲作为年夜饭前"鞭炮仪式"的主持人之身份便被小表哥替代了。除了鞭炮,小表哥还会附赠二踢脚等炮仗。

然而,这并不能削弱母亲对鞭炮的热衷。

在我们达斡尔人的习俗中,并没有过年子时吃饺子的传统,但是嫁过汉人的母亲将这个流程加入我们家的年之中。大姨家也效仿,只是我觉得大姨家的效仿是看中了它的实用性,因为下午3点多吃了饭,午夜还不睡,那一定是很饿的。

这顿饺子属于我和母亲两人,她通常会一个人在厨房里忙碌,准备面、馅,还习惯在饺子中包两枚硬币,传说吃到硬币的人来年会交好运、发大财。我总是边帮她包饺子边说,你包两枚是作弊,我们家就俩人,很容易就一人吃一个呢,别人家都是一大帮人包一个,那才准。可当我们不论谁吃到硬币的时候,我们笑着都坚信第二年会交好运。我们家只有两个人,不论是哪个交了好运发了大财,对于另一个人也意味着同样。

就是因了这顿饺子,才得以保全母亲除夕夜的"鞭炮仪式"。把热气腾腾的饺子端上桌以后,母亲又会拎着鞭炮下楼(1996年,我和母亲搬到楼房居住,放鞭炮需要到楼下的院子里),我则在楼上的阳台上"见习"。现在回想起来,我的"见习"显得多么冷酷。

我从不敢去想象那样的情景:2012年初春,母亲一个人前

姥爷抱着我在大姨家，两旁分别是大表哥和表姐，姥爷这个时候还没有偏瘫

往大姨家吃年夜饭，一个人坐在电视机前看春晚，一个人吃着包了硬币的饺子。我不知道她有没有一个人到楼下去放鞭炮，如果没有，那么没有鞭炮声的除夕对于她是不是安静得可怕？又可能当别人家的鞭炮声在空中接踵而至炸响的时候，她会想起我，我曾经每年都跟她一起听着这些声音，每年都看着她像"女汉子"一样把鞭炮点燃……

2013年的春节，我和母亲都在北京。

除夕夜，在我租住的小屋里没有对联，没有鞭炮，没有包带硬币的饺子，我们一起在电脑上看了春晚的直播后就和我的猫一起睡下了。大姨连着几天都打来电话，我突然意识到，连续十五年都会在除夕的傍晚前准时出现在她面前的我们在那个时刻离她那么远，她心里是不是空落落的？可能还有些担心，我们在一个并不熟悉的城市过着陌生的年。

2013年7月份我回到家乡去探望他们。表姐请我吃了两顿饭，连从不进饭店的大姨夫也到场了。大姨照顾外孙非常疲惫，但还是邀请我到家里，亲手为我做了一顿饭，四个菜：鱼、排骨、炖鸡、凉菜。我吃着吃着腻着了，可我还是大口大口地咽着，我知道大姨是因为总也见不到我，把思念和爱都浓缩在这几个菜里。

临走的时候，她和表姐都问我，过年还回来吧？

于是，年，变成了一种期待。

我大概是在那个时刻，在她们问我的时刻，突然对年有了新的认识。不论是新衣还是鞭炮，不论是对联还是饺子，那都是一种连接的方式，把每一个亲人连接在一起；那都是一种期待，一种名义，在我们羞于对亲人说出那句"我很想你"的时候，可以问一句：过年还回来吧？

从我出生到 27 岁,我经历了好几种形式的年,有我记得的,也有忘记的;有亲人从我身边走远,也有亲人走入我的生命。人们总喜欢说"团圆",可属于我的年从最开始就没有圆过。我并不奢求"圆",因为这个世界有圆便有缺。虽然在成都只过过一次年,但我很认同他们关于过年的说法——团年,"团圆"两个字,有"团"便够了。

年是个怪物,它的概念对我来说,从新衣和鞭炮,变成"三个火枪手",又变成一顿饭,到现在又变成了一种期待,而这种期待又不仅限于它,对于和亲人团聚的这种期待,总是长久地在我心中荡漾着。

樱桃酱

我从没有花钱买过樱桃。

让我为樱桃掏钱，在潜意识里是一个被禁止的行为。我会条件反射地问自己：我为什么要买？好像我家的三棵樱桃树还在每年开花结果，好像我家的樱桃仍然吃也吃不完……

家里有三棵樱桃树的时候，家里也住着三个人：妈妈、老姨和我。老姨，是东北人的说法。虽然我们是达斡尔族，但因处于内蒙古东北部，也深受当地汉族人的影响，吃吃东北菜，说说东北话，也会叫"小姨"为"老姨"、"小舅"为"老舅"、"小叔"为"老叔"，以此类推。于是"老"就成了"最小"，反而流露出一种呵护和疼爱的情愫。

老姨真的很小，她跟妈妈同一属相，整整小了12岁。据说她第一次看到我的时候，因我生来无肉又动作迟缓，她久久不敢用手触碰我，总觉得我是一只硕大的蠕虫。那时她只有18岁，我生命的开始也是我与她一辈子亲人缘分的开始。

我不记得樱桃树是怎样慢慢成长起来的，也不知它们三棵树之间谁长谁幼，从我对我们家格局对称的院子有印象的时候开始，院子里就已经变得非常丰富多彩。

　　站在院子铁质的栅栏门前，一条一米宽的水泥地长长地直通房子正中间一扇被漆成天蓝色的木门，又在房门两边的窗沿下延展出两块领地，就像一只蜻蜓的翅膀。这条不宽的水泥小径可以任人幻想成特别铺设的迎宾地毯，或者一架由魔法变幻出的架桥。

　　就是这条不宽的小径将我们不大的院子均分为两块，院子里埋着厚厚的黑土，供养着几棵果树、几朵鲜花、大批野草和蚯蚓们。这些花草树虫毫无规律地分布在对称的院子里，如果连植物也对称起来，很难不让人怀疑房子的主人有不可遏制的强迫症。

　　老姨就这样布局过一次。她在水泥小道的两边各种了一排向日葵，向日葵长得高高大大、肥肥壮壮。每次我经过水泥小道出门或回家的时候，它们就像两排卫士欢送或迎接着我，让我觉得自己很像一位高贵的小公主。

　　这些卫士很幸运地与我合过影，它们的英姿至今留在那张老照片上。不知那是我几岁生日，反正照片上的我少了一颗牙齿。我头顶梳着一个像花一样散开的冲天辫，身着一条当时不明质地现在知道叫聚酯纤维面料的裙子,我莫名其妙无师自通地将它改造成了露肩性感装,脚上蹬着妈妈的黑色大高跟皮鞋,而后真的像公主一样摆了个潇洒的姿势,做了一回"摩登女郎"。

用老姨聚酯纤维面料的裙子模仿她的摩登

那时我并不知道"摩登"的含义,妈妈总是用它形容大学毕业归家的老姨。我只知道老姨与我们很不一样,小小的我词汇有限,也只能用"不一样"来形容。她的房间布置跟我见过的妈妈房间、大姨房间、姐姐房间统统不一样，你总会有一种琳琅满目的感觉，一种温暖的旧色调，一种并不是清新却很香的味道。她的房间对我来说充满了神秘感，以至我每次企图进去的时候，都怀着一种探索精神。

我不大敢踩她的地板。在老姨毕业归来之前，那个房间的地板本是绛红色的，人们踩在上面的时候心里非常踏实，那暗沉的颜色不会让人觉得心疼。从南方带回都市新风的老姨亲自动手将地板刷成了前所未见的奶黄色。这娇嗔的颜色让人每次落脚时都生怕地板会被踩疼而发出娇滴滴的呻吟声，又像踩在云朵上，一不小心就会漏到底下去。我时常快步飞奔，直奔火炕，将我短短的腿吊在炕沿，心里便觉得安全了。

在一铺大炕旁边，置着一张雪白雪白的桌子，如果我没有记错的话，它同样是由老姨亲手粉刷的。桌上摆着很多我没见过的东西——小竹筐小铜罐、穿着和服的日本娃娃、几根孔雀的羽毛、几根粗细不等的毛衣针。这些东西我总是拿起来再放回去、拿起来再放回去，似乎总期待发生一些我意想不到的事，比如日本娃娃是可以说话的，或者小竹筐里跳出了一个精灵。尽管我臆想过各种情景，可惜从未发生过类似的事。

当然，那时我并不懂得"日本"是什么意思，因为我还处在认为世界上只有中国和外国两个"国家"的年纪。老姨的发型和她桌上那个日本娃娃的发型很像，就像一个蘑菇倒扣在头上，乌黑锃亮，加上她白皙的脸，她总是很容易在人群中被辨认出来。

除了别致的发型，心灵手巧的老姨还时常自制一些服装，她桌上那些平日里像是装饰物的毛衣针这时就派上了用场。她经常坐在毛线堆里对着教授针织技巧的书摆弄那粗粗细细的针，织出各种图案，编出各种球球。自从她送了一两件因为缩水变小的衣服给我和表姐后，我的贪婪之心便与日俱增。那件与向日葵卫士合影时穿的裙子也是我觊觎的老姨的物品之一。

我时常觊觎她的东西，小到小首饰、小玩偶，大到美衣服、靓鞋子。我曾觊觎一双沙滩鞋多年。那双鞋很简单，鞋底是黑色的泡沫底，鞋带是紫色的松紧带，老姨总是光着白嫩的小脚穿着它，在鞋头展露她那两个非常翻翘的大脚趾，显得顽皮可爱。每次迈步抬脚，泡沫底都打着她的后脚掌嗒嗒地响。

这双鞋非但很结实，而且不过时，老姨穿着它们嗒嗒了许多年。等她终于把它们丢到后仓库里落灰的时候，我每年都顶破新鞋的大脚已经长到38号，不明白为什么那时候脚的生长速度如此之快：在我160厘米的时候，它们是38号；如今173厘米，它们还是38号。就好像告诉我觊觎他人物品是非常恶劣的行为。

妈妈和老姨年轻时候的穿搭真的很棒，老姨脚上是那双我觊觎未得的沙滩鞋

　　老姨也并不是一味在自己的房间里做"宅女"，等着我去"进攻"。她有时拿着几盘磁带慢悠悠地走到我们的房间，用妈妈的那台小录音机放摇滚乐给我们听。于是我和妈妈知道了世界上还有崔健、郑钧、黑豹、唐朝，他们总是唱得撕心裂肺，声音时而沙哑，时而高亢。妈妈高兴的时候也跟着吼两句，再随节拍摇摆两下。不知是不是因为经常听摇滚乐的关系，我和妈妈房间外那棵孤独的樱桃树总是结出很甜的果实。

这棵樱桃树离我和妈妈的窗台很近，仿佛触手可及，陪在它不远处的是一棵年年夏季与毛毛虫纠缠不清的杏树，再往前望去则是一棵硕大的我并不打算让它在这篇文章里做配角的树。另外两棵樱桃树互相挨得很近，却离我们很远，它们生长在老姨窗外十米远的地方，一副好像如果长了脚就恨不得逃出院子去的架势。它们就像只顾终日甜腻恋爱的两个恋人，不能专心生长，结出的果实又酸又涩。

　　不管是甜樱桃还是酸樱桃，它们都是我的樱桃、妈妈的樱桃、老姨的樱桃，这三棵树结出的果实也是我印象中根深蒂固的樱桃模样。由于这根深蒂固的印象，我每每在水果摊看到那些"樱桃"发福的身体和像吐出的舌头一样长长的蒂，我都认定它们是基因突变的品种，我会连同所谓的车厘子一同称呼它们为"大樱桃"，这样称呼时还必须带上一种不屑的口气，以至于在成都多年，我时常被水果店老板以高八度又非常嗲的成都话教训道："宰割死才哩子！"他们硬要强调"这个是车厘子"，想来是因为车厘子居高不下的价格让他们觉得它是镇店之宝。

　　我家的樱桃个头很小，小得像一颗颗红色的珍珠。它们无法定义的颜色介于水果店里那些樱桃和车厘子之间。不知是不是因为"浓缩的就是精华"，它们的味道相对来说更加浓郁。樱

老姨顶着蘑菇头和我在花坛

桃们长着短小的蒂,与树枝非常近,一撮一撮地攒在一起。树叶上长满了茸毛,好像是因为被移植到了严寒的东北而用来保暖似的。现在想来,我家的樱桃才应该是基因突变的品种,我着实不该继续冤枉那些价格离谱的肥家伙。

为了查清这些肥家伙的身世,我特意打开电脑上百度查了一下,想研究研究究竟谁才是樱桃的真身,却意外地发现车厘子居然就是大樱桃——"车厘子"三个字由英文单词"cherries"音译而来,"cherries"就是樱桃的意思,它不仅指小小红红的中国樱桃,它还指从美国、欧洲等地漂洋过海而来的个大皮厚的进口樱桃。也就是说，中国樱桃是小樱桃，车厘子是大樱桃，它也被唤作欧洲甜樱桃和欧洲酸樱桃。可不管来自何方，它们都是 cherries，都是樱桃。只可惜百度上提供的"中国樱桃"还是比我家的樱桃壮硕不少，这说明我们家的樱桃确实不是正宗嫡传。不知是谁将樱桃的种子带到了我家院子，也许是风，也许是鸟，或者是人，这是个谜。

谁能不说年轻的老姨有着浓厚的风情呢

我已经许久没有吃过樱桃了，我说的当然是我们家那些放在嘴里都不忍心咀嚼的小家伙。我那时经常站在窗外的樱桃树下，伸出两个手指随意夹一颗下来放在嘴里，不洗也不擦，轻轻用舌头把它在上颚和舌头之间压扁，任少量果汁的味道慢慢在嘴里弥漫。这对我来说不仅仅是吃水果，它更带有一种游戏的味道。至于另外两棵树，我从不青睐它们，倒是记得见到老姨拿着铁盆把它们的果实都采摘下来的样子，我就知道那是她准备做一盆樱桃酱了，口水便在嘴里泛滥起来。

　　三棵樱桃树结的果实对三个女性来说实在是供大于求。我那时还算不得一个少女，至多算一个小丫头。在没有冰箱的日子里，樱桃们不得不面临瓜熟蒂落的惨状或者烂在盆里的下场。瓜熟蒂落，多么美好的一个词，可惜只有无人问津的瓜果才会瓜熟蒂落，落了之后就躺在土壤里慢慢腐坏。反正摘也烂，不摘也烂，后来，忙碌的妈妈索性不管树上的樱桃们了。

　　不知老姨看到樱桃烂在地里是不是有一种黛玉葬花的哀伤呢？几乎从不下厨的老姨却专门为樱桃们烧了一锅热水，再将樱桃洗好放入锅中，加上少许绵绵的白糖，发明出了我和妈妈从未想过的樱桃酱。它们被盛到我们家最大的碗里，散发着热气。经过水煮，樱桃肥大了一些，原本透明的水也变得粉红粉红的，那独特的味道至今还能在我记忆中被回味起来。

妈妈说，樱桃是唯一一种果肉不生虫的水果，有人体所需的多种维生素，具有得天独厚的优势。可是，在我们的院子里樱桃们却落得个无人问津、最终回归大地的结局。如果没有老姨做樱桃酱的奇招异想，谁又会对樱桃们年复一年徒劳地生长而惋惜呢？又有谁会记住它们的出生和死去！

　　有天在网上看到老姨发了一张图片，她很惊喜地说，居然遇到了跟我家的老院里一模一样的樱桃，它们被盛在一个筐里，自由却落寞。

　　我也是惊喜的，我的樱桃们，儿时的樱桃们，并没有因为院子里那些被伐掉的樱桃树永远地离开我，它们还在某处继续生长着、繁茂着。也许有一天，我可以去寻找那样一棵樱桃树，摘下它的果实，再做一碗樱桃酱。

夜行动物

九拍

成都的夜总是很少见到星星。浓浓的雾无比慷慨，不分白天黑夜地笼罩在这个四川盆地中央的平原城市，就像瓷碗最平的底部。但也不是总不出太阳，偶尔光线殷勤些了，万物的色泽便清丽起来，人们就喜欢找个茶室，坐在户外的藤椅上，要杯竹叶青，让难得的阳光覆在周身，像在镀金一样幸福。

我却并不稀罕太阳，那个时候对夜是熟悉的，因为我总是入夜之后涂抹好妆容，踏着高跟鞋出去。有时候也不穿高跟鞋，因为我比一起上班的女孩子都高，毕竟我来自北方，来自内蒙古腹地。

上班的地方在宽窄巷子，一家音乐酒吧——九拍，跟唐朝乐队的一首歌同名，歌的第一句就唱酒：谁要送我一杯苦酒？

我却从不在意。

那是 2010 年，我大学的最后一年，也是我半生中喝酒最多的一年。

3 月初，火车铁蛇一般不断钻入山洞，从偶有的间隙能看到白色天光，比一颗流星划过还要短暂，直到进入四川，明黄的油菜花蛮肆地铺开一地，地毯似的蒙着整片大地。我就是在那样一个季节选择去九拍上班的。说起原因，现在想来可笑，只是因为和同寝室要好的姑娘闹掰了，不愿意面对冰冷的气氛，更有一种想让她觉得失去了我很难受的赌气心理。这是逃跑，逃开了一次重修友谊的机会，逃开了我的大学毕业照，逃开了班级最后的散伙饭。不过我并不在意。

除我之外，同事们都说四川话，来九拍的客人也多半如此。我本就喜欢四川话咬牙切齿的发音方式，硬是在这个灯光暧昧的地方渐渐学会了四川话。然而这并不能消除我与同事之间那种隔膜，也许有时候人与人之间的关系并不全由语言决定。

我的职业是现场经理，我的工作任务就是让那些"锅"不停地来九拍买酒喝酒。"锅"是四川话里"哥"的发音，但是要发成二声才准确。现场经理有男有女，禁止男女之间谈恋爱或互相交换客人，但男现场经理的领队李强例外；女现场经理要求身着白衬衫、黑西裙，很正经的办公室造型，需配上浓妆，但女现场经理的领队喜儿例外。

喜儿长着一双美腿,修长且直,肌肉匀称,为人很酷,头发常年染成橘黄色,基本上不单独与我讲什么话。只在我刚到九拍的时候告诉我,我应该辛勤地在场地内跟那些"散客"搭讪,交上朋友,留下电话,让他们愿意再来消费,但是不要碰其他姐妹的"锅",就算他们主动索要电话并给我打电话订桌也不能接受,如果其他姐妹需要我帮忙喝酒,就去坐坐,最后,千万保护好自己,也顺便保护下她们。

她还告诉我,可以取一个假名字。由于我五行缺木,水生木,所以我取了一个"淼"字。

她又叫酒保拿出酒水单给我看,要求我记住上面所有酒的名字以及价格。百龄坛12年、百龄坛17年、黑牌、红牌、蓝牌、芝华士12年、芝华士18年、皇家礼炮、伏特加、1664白啤黄啤黑啤、

多年以后,还是不惧怕端起巨大的酒杯,在慕尼黑HB皇家啤酒屋

嘉士伯百威，那是我生平第一次接触洋酒和各种品牌的啤酒。看着一排排名字和对应的价格，我脑子里早已缠成了线团。酒保看我眉头紧锁，说："慌撒（啥）子嘛，你喊客人过来，服务员会推荐的，不消记，你只管多认识散客就对咯。"

然而，在未醺之前，我并不是一个喜欢主动跟别人讲话的人。

每到夜里9点半光景，整个酒吧便会渐渐喧嚣起来，长形方形的木质桌子配着沙发的叫卡座、配着木凳的叫散桌，排着队围着酒吧正中央的圆形吧台，吧台里面则是一个一米的高台。再晚一些，会有舞者穿着"彩虹"在炽热的光柱下起舞，然而他们并不是总能成功吸引酒吧内所有人瞩目。

可我羡慕他们的工作，他们每天只需要在舞台上离那些看官远远地扭动十几分钟就有丰厚的薪资（当然他们一晚上要跑好几个酒吧），而我多数时候是坐在吧台无所事事，抽烟喝水。客人多的周末，我总是一个凳子还没坐热就要被服务员驱赶，而后择一个靠边的柱子站着看着，一旦哪个姐妹看我闲着，叫过去喝酒，就像被施了恩宠一样——这漫漫长夜总算可以消遣了。

她们从不担心我会"切"客人。就像我说的，我不喜欢主动跟别人讲话，在跟她们的"锅"喝了一杯又一杯至微醺时，我又会废话太多笑声太大，突然变成了一个失控的喷泉似的。这样的行为通常有两个结果——要么是男人们觉得我很奇怪或喧宾夺主，再也不想跟我喝酒了；要么是他们觉得我很简单或缺少心机，当我男朋友似乎更有意思。而我觉得有意思的是，他们那么想当你的男朋友，却不愿意夜晚跟你在酒吧会面，顺便帮你冲冲业绩，只想带着你到处玩，这里逛逛那里吃吃。

第一个想当我男朋友的是一个近40岁的大龄男青年，我们叫他老王，是一个云南女孩龙轩的客人。龙轩是一个只会说普通话的云南姑娘，我刚到九拍的时候她跟我最是要好，怕我无趣，每晚有了去处都喊着我，并总说"找到一个好玩的"。我们工作就得"玩"，还得看你会不会"玩"，得让每个客人都"玩"高兴。兴许因为我是一个只会自娱自乐的人，从来不懂得讨好别人，我在九拍的夜晚总是以"无所适从"开始，以喝了别人的酒醉了结束，因为如果不醉，总是觉得夜太长太长了。

我不知道龙轩是什么时候认识老王的，他慷慨绅士，第一次见到他的时候也没觉得有何"色心"，只是见过我之后的几天，他连着找龙轩订桌来九拍耍，我也乐得不愁没酒喝。几天之后，他便开始请我们白天出去吃饭，又过几天，便只请我一人了。我记得那天成都难得出了太阳，他带我去锦里，在一个茶坊喝茶晒太阳的时候，问我是否愿意做他的女朋友。

他是"老王",真的老,大我十几岁。跟张洁年轻时一样,"爱,是不能忘记的",我那时渴望爱,而不是优裕的生活。我用了几天时间慢慢拒绝了他,我不想告诉他是因为他老,可实在想不出别的原因,还是不可避免地伤害了他。

后来也出现过一些其他男人,多半是有家有业的伪君子,我通通忘记了。

老王再不来九拍了,龙轩也开始和我一样成了每晚例会的时候业绩垫底的笨蛋。每晚8点上班之前开一次会点名并汇报当晚的订桌情况;凌晨2点下班的时候再开一次会点名,就只点名,这个时候姑娘们多半东倒西歪,大笑哭闹。

我总是记得喜儿微蹙眉头的脸。她告诉我和龙轩,不要整晚坐在一个地方只顾喝酒,又不是陪酒的,要到处跑跑,多认识新散客。那个时候痛恨例会,谁愿意当一个反面教材呢?现在想来,不管姑娘们喝得闹得多凶,最后都互相搀扶到一个包间,喜儿挨个亲眼看过了才安心,她虽看着严肃,却是最担心我们的人。

我始终无法主动跟任何陌生人说话,我不知道如何开始。有时游走在酒吧的各个角落,看着那些卡座或散桌人成群结队地摆弄着两只手划拳,或举着杯子一饮而尽,听不见他们在说些什么,就像在看一部部被消了音的电影,每一个桌子又像一个个独立的水泡，欢乐亢奋的气息包裹着他们，而我总自觉是一个刺一根针，似乎走过去还未等说什么就要把水泡戳破。

于是我守株待兔，总有人看你面容姣好便主动搭讪，我也会毫不客气地喝他的酒玩他的骰子，至于下回他来不来，全凭自愿。就这样，我也勉勉强强地能在每个月完成老板定的任务，至于总是垫底，我真无能为力。

黑夜深冷得像宇宙，九拍像宽窄巷子这个星系里的一颗星球，DJ总是尽善尽美地不让节奏感极强的音乐有一秒耽搁，好似这个星球的氧气。我在这里可以活着，却像一个游魂。我总想知道我到底是谁，到底属于哪里，于是，我又逃跑了，跨过窄巷子，像跨过一条恒河，我来到了白夜。

白夜

白夜的正门位于窄巷子，跟九拍的后门斜对着。

虽然只隔了几步远的一条青砖巷子，却是两个世界。

九拍的老板小鱼儿虽然自称九拍是音乐酒吧，但除了他每晚在舞者之后压轴一般站到台上唱几首摇滚乐，它跟别的慢摇吧并无二致。白夜则是清静的，尽管有的年轻服务员不时用音响放 Justin Timberlake 的歌，也一点不能干扰白夜幽静闲凉的气息,这样的酒吧有另一个统称——清吧。

我那时写诗,日日在电脑上敲上几个短行,似乎就是我所有梦想的形状。忘了怎么听闻白夜的老板之一是著名诗人翟永明,又说一些文人墨客也常举步到白夜饮酒狂欢,我便似乎看到了天堂之光一般无法按捺情绪。

是啊,酒与诗,怎分得开呢?

犹记得在一个炎热的下午,我站在白夜门口,一面民国时期由灰砖砌成的四柱三山式西洋门头,右手边一方生锈的铁片嵌入墙中,"白夜"二字镶于其上,"白"黑"夜"白,我怯怯地将一只脚踏进这门头,有着一种踏入了命运洪流的战栗。

入门后先迈四级台阶,向左一拐再向右一望,一条狭长的院子便呈现眼前。我匆匆地掠过院中的两棵枇杷树、两棵枝繁叶茂的老桉树和一棵未知树龄的枯树,进入酒吧正房,尽管没有人在等我。

我问服务员,你们这儿哪个负责?

我还是说四川话,服务小子用四川话反问我,啥子事?

我说,你们这儿招人不?

服务生小子顿了顿,又说,等一哈。

这是我有生之年"唯一"一次毛遂自荐,就好像倘若我能驻留于白夜,文学于我将不再是新浪博客上的喃喃自语,或者母亲出于血脉的偏爱认同；就好像倘若我能驻留于白夜，有朝一日我也将在白夜举办的诗歌朗诵会上举着话筒，将那些心灵的旋律赋予声音，那时它将不只震动我的声带，而是通过音响震动一整片夜晚的空气、浮游在空气中的微尘、微尘缓缓寻觅的绿叶、绿叶脉络里流淌的生命，直达地心。

我似乎已经充满激情地站在白夜白色的吧台前，看见一个戴着长方形黑框眼镜、头戴鸭舌帽的男人从里面走了出来。他的眼睛长得很长，像是菱形，眼角和眼梢差不多要跟眼镜的边框同长。服务生小子介绍他为"李老师"，应该的，因为这个年近中年的男人看上去着实儒雅。

我告诉他，我想在这里上班。

他问，为什么？

我说，因为这是翟永明开的酒吧，我可以离文学很近很近。

他问我以前是干什么的。

我指指外面，对面九拍的现场经理。他又问以前的待遇如何，我答四千元底薪加业绩提成，他摇摇头，这里只有一千二的底薪加提成。

我说，没问题。

他带着我返回院子。我留意到左右两旁还有厢房，他指指左边说，那是个红酒屋，又指指右边说，那是个书房，自己去看看吧。

我对红酒屋的印象不深了,想起它总是想起很多泛着青光的透明玻璃,毕竟那个时候所有的酒对我来说都是工作道具。而书房,它有着古式深棕色雕花木门和高高扁扁的木头门槛。我怀着一种敬畏之情跨过门槛,看到屋内贴着墙的全是齐棚高的书架,摆满规格各异的书,屋中央立着一张狭长木桌及椅子。

摄影师酒后拍摄的人像也有一种醉酒的光影感

我在书架前游走,李老师不知什么时候走了进来,忽地在我身后说:"多数是朋友们的赠书,以后你出书了也可以放一本过来。"他的嘴角抽着笑,口吻不乏戏谑,但白夜厢房的书架于我来说却成为一种象征,一种带有某种特殊认同价值的陈列室,甚至是一种代表着这个群体里阶级意味的金字塔。我当时就下定决心，总有一天是要放一本来的，把一本哪怕是自费印刷的诗集小册子塞进这文学的崇山峻岭之中，完成这个仪式，证明我也是一个真正的写字者。

然而白夜并没有给我作为一个销售的任何形式的"仪式"——没有工作表格，没有雇用合同。李老师问我什么时候可以上班，我说今晚。他又问我的名字，我想了想，而后摒弃了我在九拍用了四个多月的假名字"淼"，将我户口本上这两个字诚实地告给了他。对我来说，文学首要的气质就应是真诚。

我又一次成为夜行动物。

虽然宽窄巷子是成都有名的旅游胜地，但白天的游人总是不及晚上多。我住得很近，每晚都步月入巷，窄窄的窄巷子人声嘈杂。一进入白夜，即便院内的藤椅上坐着些喝酒吃茶的客人，也好像突然进入某种宁谧的结界。

喜欢清吧的酒客们多有一种清高自傲的模样，不像慢摇吧的"锅"们，就算不盘算"把妹子"，也是想看到"巴适"的美女，眼睛总四处瞟着。但在白夜，几乎就呈"我不看他们，他们也不看我"的架势，偶尔看我属四川少见的牛高马大之人，从我身上扫上一眼也就罢了，依旧自顾自地聊天喝酒，从没有招手叫我一块儿坐下划拳玩骰子或兀地跑到我跟前打招呼的。

我是到了上班的当天晚上才知道白夜只有我一个人属于现

场经理，心下有些感动，定是李老师见我慕翟永明之名而来，又怀揣一颗追梦赤子心，给我行了方便吧。他似乎也知道在这清吧做经理不是易事，跟我说，只要是他的朋友来这里喝酒的，我跟着一块儿坐坐，喝下的酒全算我的提成。

我就这样认识了当时在成都活跃的几位诗人叔叔。

有一个长着方块脸的叔叔颇讨厌，从来不记得我的名字，就只"美女美女"地喊。不知别的女生如何感想，我十分抵触这两个字与我有干系，不要说 n、l 不分的西南人经常把"女"音发成"驴"，我总觉得"美女"二字有万分之一的芸芸众生之感，毫无特别。事实证明也的确如此，多年后我与方块脸叔叔在北京偶然重遇，他对我这个曾经数夜加入他们酒谈的"美女"已经全无记忆。

诗人们造访白夜的频率不低，隔三岔五，有时五六人，有时更多，每次都喝虎牌啤酒。因是熟人，李老师给的最低价，两百元一打。记不得我当时提成的百分点是多少了，总不会超过百分之十，所以喝下一打，我至多能赚十几元钱。

透明的玻璃瓶被服务生小子从冰柜里点兵一样列到吧台上，再装入几个一盛六瓶的啤酒提篮，送到我们桌上，送到炎热又潮湿的成都夏夜里。不一会儿，那冰凉的瓶子们也像我们出了汗一般，液化的水珠受地心引力影响不停地顺着光滑的玻璃表面流下来。粘贴商标的胶质物很快失了效用，随即 LOGO 上的那头凶猛老虎不是被粗糙的手掌攥捏得模糊碎烂，就是被迅疾撕掉，扔在一旁。对于酒，人们固然总是更看重它的内在。

我总是坐在一个彝族诗人旁边，我叫他吉木叔叔。倒不是因为他长得比方块脸叔叔更帅，也不是因为我们同为少数民族，相较更觉亲切，只是因为，他记得我的名字，且下回来白夜的时候，没有忘掉。我用手机翻找新浪博客上自己写的傻诗给他看，他也就送了我一本薄薄的诗册，如果我没有记错的话，那应是我人生中第一次被作者本人送书。

其他的记忆呈现为碎片。为了生活费，我总是急着端着杯子将金黄的啤酒大口大口倒进胃里，认为只有我这样喝，他们才会这样喝，可究竟他们是不是这样喝的我的确不记得了。我不擅喝急酒，喝了急酒便酒气上脑，而后记忆就如同狂风呼啸的海面上航行的一艘小船，在汹涌的海浪上时隐时现。

只记得我总是哭。

坐在白夜门外的台阶上哭，坐在白夜侧墙下的花坛边上哭，坐在白夜深处某个隐匿的沙发上哭，服务生小子端着一瓶酸奶、一杯热的糖水和一些其他的，给我解酒。

我是谁？

一定不是这个时常醉哭的酒鬼。

我同时明白，驻留于白夜无法使我成为一个诗人，就像一个穿梭于丛林的人未必可以成为一个猎人，他也可能像电影《荒野生存》里的那个人一样，最后因误食毒草而死去。

干了二十多天，没有跟李老师打招呼，没有拿工资，我便再也不去上班了。

2011年，我的处女作即将出版，我离开成都之前，携朋友去过一次白夜。遇到李老师，我玩笑似的问他：书出版了之后，可以送一本过来放在书柜里吗？他当然替我高兴，说：欢迎。然而，与成都这座城市以及我遗留在那里的所有青春一别就是五年，直到现在。

棕色猴子

不知是因为成都阳光吝啬，以致我不奢求阳光，还是18岁前被家乡北纬45°常有的烈日晒厌了，在成都这个属于夜生活的城市，我执意做一个夜行者。也不知拿着本科法学学位证的自己如何就将喝酒作为出了校门的第一份职业，也许是因为酒如诗，诗如梦，而在白夜，啤酒和眼泪已经将后两者溺死。

远离宽窄巷子，我来到九眼桥，做一个隐客。

这"隐"字并不是归隐，也不是藏匿，而是一种伪装——

在一家固定酒吧里装作喜欢玩夜店的时尚姑娘，让男人们觉得这家店更容易邂逅美女，而我们自始至终不能承认自己工作人员的身份，这职业的全称是"隐形客人"。

通常两三人一组，由店里配上不知来源的半瓶子洋酒和几瓶饮料放在一个圆桌上，夜店时间尚未正式开始之前上岗落座。酒的品牌不固定，有时芝华士，有时马爹利，运气好，还可能是XO。工作很简单，就与同桌的姑娘喝酒聊天玩骰盅，待真正消费的客人们渐渐将夜店变得拥挤嘈杂，如有人搭讪，可以理睬，也可不理，选择权自己掌握，薪水无碍。

不像在九拍做经理，不必穿着白衬衫、黑短裙让与人结识的目的昭然若揭，这种被动和神秘，这种毫无前提条件的"偶遇"，让男人们的搭讪变得自在而随意，无须担心我们虎视眈眈着他的腰包。

时常有邻桌的举起酒杯对你示意，若看着不嫌，互相喝一杯也无妨，若性格相合，将酒端到他们的桌上并桌同玩，反正屋子内的所有人都不过是想将一个夜晚快快度过，特别是我，这工作内容夜夜重复，即便酒客们换着脸也挽救不了乏味，也带不来任何新鲜感，如果不喝醉，便如同在十八层地狱。

因为我再没有可以让人向上的梦想，那么就在酒中乘坐瀑布一般滑落至一个麻木乏味黑暗蜷缩的内心谷地。

除了敬酒，男人们示好的方式还有一种。

每晚会有长相普通、穿着朴素的一个扎着马尾辫的女孩抱着一个硕大的毛绒玩具穿梭在人群之中，奶白色的比我还宽的大狗熊，草绿色的比我还高的毛毛虫，都是从荷花池花三十块钱批发来的次品，把玩几天就开线钻毛，在店里卖两百元一只。那女孩经常来到我跟前将一个大家伙送到我怀里，指给我是哪个哪个位置的朋友送的，我顺她的手指望去，微笑地致谢。没过多久，我租住的房间阳台就停尸间一般堆满了这种没有生命的长相一样的巨型玩偶，同样乏味。

有一次，女孩抱着的换成了一个大小相宜的棕色猴子，因为太过罕见，所有姑娘都渴望有人买下它送给自己。可巧，自从猴子出现，连着几日都没有大方的男人造访，猴子的模样显得傲娇起来，如比武招亲的大小姐坐在高高的擂台上一样引着所有人的目光，变成了一个悬念，日日增加我们对它的渴望。

绝大多数男人不知道我们工作人员的身份，但有一个例外，他是我们领队姑娘的好友，认识我们所有人。他来自东北，大我几岁，为人豪爽，有着一份不错的工作，我也不觉自己有何特别，可他偏偏在十几个女孩之中选了我作为追求对象，在得知猴子逸事之后遂将那猴子买了送与我。

可我对猴子的兴趣比对他浓得多。

买猴子的那天大家都醉了,我醉了会断片儿,但每晚都能照样到办公室打卡开会、下班打车回家。第二天醒来,整个房间左顾右盼不见猴子,给他打电话询问,他说在他车里。他就那么把猴子拿走了,像筹码一样拿走了,像人质一样拿走了。

在成都的九眼桥花几块钱抱过一只真猴子

我就期待他再来,把猴子还给我。我对猴子的执着就仿佛它是我迷失在漆黑森林里突遇的萤火虫,仿佛它是我沉溺在无氧的深海中握住的一根海藻。它显然无法改变迷失和沉溺的状态,可就如同欲望本身,它有着宝贵的新鲜感,哪怕是一时,这种新鲜感可以证明我还活着。

猴子是饵,也是钩,他将我的胃口吊了些时日,终于来了。依旧是喝酒玩闹,却不见猴子,它蹲狱似的在他的车的后备厢。至凌晨2点，他说：你下班了，我送你回家。似是为了确保猴子的归来，我那天喝得很少，他这样提议。我就问：猴子什么时候给我？此前，我已经问过多遍。

他有些烦，说：到你家楼下就还你。

我遂了他的愿，坐上他的副驾驶。路途不长不短，不够他铺垫煽情，车子发动没多久，他又谈起交往之事，他口才不好，言谈内容毫无说服力，我只是沉默或摇头，原因很简单，我不喜欢他。我的生活一个人乏味就够了，不想两个人将乏味加倍。

他一直看着我，一直做复读机，不可置信地将眼睑越扩越大。他突然刹车，将车停在凌晨空旷的马路上，打开车门将它大敞着，甩着步子和拳头向身后走去。我不知发生了什么，跟着下车，见很远的后方也停着一辆车，那司机已经站在自家车旁弓腰合掌道歉，可他还是提起脚就往那司机身上踹，狂踹。

我不愿看，也因害怕，独自回到车上。

他再回来，我一句话也不与他说了。他不停地解释那司机究竟干了什么，有多危险，我不会开车，也听不懂，只觉如果与他走得再近，那几脚说不定就踹在我身上。

车驱至小区楼下，他不甘心地继续他的话题，我则不停索要猴子。最后，他终于从后备厢里拎出了那只猴子，我觉得他也许会将它丢在刚刚洒过水的潮湿的地面上，可他只是愤怒地将它递给了我，我接过猴子，转身走开。

后来我们相见很少，他很长时间没有再去我们的夜店，终于去了，我也不凑那热闹，领队姑娘问我和他怎么了，我不语，总不能说他因一只玩具猴子憎恨我了吧。

我与别的陌生人玩，可对于我这样不会撒谎的人来说，总会露出马脚。

他们问我：你平时做什么工作？

我回答不了。

他们建议：一会儿换家店一起玩？

我回答不了。

他们又说：晚点一块去吃个消夜？

我回答不了。

逼迫得紧了，我烦躁起来，只好说：我在这上班的，哪儿也不去。

这破坏了游戏规则，他们失望至极，深感上当受骗。我倒觉得很好玩，难道他们真那么自信，觉得几扎兑过饮料的加冰洋酒或者几只愚蠢的毛绒玩具就可以俘获芳心？

领队姑娘警告我几次，不能说实话！我不知道她们不说实话又怎样回答那些提问，反正我不会，我在这里上班只是为了自己高兴。可我真的高兴吗？在酒精的催化下所有的大笑是高兴吗？也许酒精对我来说不过是一块包裹、一个棺材，收藏我失去梦想的轻飘飘的躯壳。

我讨厌别人告诉我应当怎样，讨厌警告，于是我又告别了九眼桥。

一年以后，我又重新与梦想勾连，写下了第一部长篇小说，空旷的心谷里呼啸的风终于安静下来，我有了一个高大的恋人、一份体面的杂志记者工作，三段夜行者的生活都模糊得仿佛前世。通过网络，我与一些姑娘偶有联系，听闻那个东北男人曾在九眼桥一个流浪汉手里花了好多钱买下一只杂耍猴子，拿回家跟自己的萨摩耶犬养在一起，谁想猴子叫得比犬还频繁撞耳。

不知他后来如何处理那只猴子，反正我那只棕色的猴子早已不知去向。

胡子和酒

母亲告诉我，我为自己的人生许下的第一愿望便是喝酒。

在一个不知季节的夜里，她与我相拥而眠，问我："达达，长大了你想干啥啊？"她用极温柔的声音问着一个小人儿，等待一个全无理性根据的答案。

我答："等我长大了，长胡子了，就喝酒。"

她一下大笑起来，也非常清楚这愿望的出处，便是我那个动辄喝二两酒就醉闹的姥爷。"醉闹"也只是后来听说的，我出生之后他耍酒疯的巅峰时期由于衰老和疾病早已过去，他就每日取铝制暖瓶盖烫上白酒喝少许，他习惯将酒喂进嘴里之后含一会儿，被酒刺激得双眼紧闭，然后再慢慢咽下，最后以发出一声无比满足的"哈"声结束——这是一口酒的流程，二两酒到底能听到几个"哈"全看他当日的心情。

　　那时家中不能说捉襟见肘，至少算清贫。姥爷患着糖尿病，日日中午独享肉食，佐以藏匿在烫水蒸气里神秘兮兮的透明白酒，他日日发出令人充满遐想的"哈"声，于我来说象征着"特权"意味的"哈"声。

　　也不知怎的，我就将胡子和酒画上了等号，兴许是因为姥爷是当时家中唯一一个长胡子的人，唯一的常驻男性。酒是透明的，"哈"声也无形，唯姥爷唇前下巴的胡子能被肉眼看见，便被我用双眼逮住，当成了"令牌"。

　　事实上，直到今日，曾经许愿也好，狂醉也罢，我都从未中意过酒的味道。无论是白酒的辛、洋酒的醇、啤酒的涩，都无法掩盖酒精本身如针尖一样刺着口鼻的触觉。当酒精入口，就像一个刻薄又顽劣的孩童对着你的下半张脸猛然扇了一记耳光，不论你已经喝了多少次，每次重新举杯，那孩童始终顽劣不改。

离开成都到了北京，也偶尔醉过，喝的大多是文人墨客的酒。酒对我来说再也不是在九拍时的工作道具，也不是在白夜时的梦想化身，更不是在九眼桥时的麻醉海洋。可也不知为何，我这个并不嗜酒的人还非要回回端起酒杯，就好像上了擂台，既有点武功就站出来比画比画，也好像是因为我并不怕酒，毕竟它曾是我迷茫无助时的精神陪伴（虽然它算不上一个好伴侣），或者仅仅是因为姥爷的"哈"声已在儿时化作种子埋进血液里，而今已经长成一棵茂盛的大树。

母亲有时讲起往事，说姥爷以前醉闹的时候动辄大打出手，后来姥姥去世了，他生病了，我出生了，他的醉闹就减弱成无边的谩骂。每次他谩骂的时候，母亲都将我领到别处玩，所以我从没见过姥爷狰狞的脸。

只记得一次，他房间最右下角的玻璃裂了缝，我不知自己是因为眼见还是直觉，总之我知道那玻璃是被他故意碰了才裂的，原本这算不得什么事，第二天表哥来玩，他见了表哥就气呼呼地说："你看！你把我屋的玻璃都碰坏了！"表哥瞪着无辜的小眼睛，而我在一旁瞠目结舌，但我们都没有说任何话。

姥爷一直说他喝醉了就什么都不记得了，那时候好像还没有"断片儿"这个词。母亲多年来一直不信，因为母亲酒量甚好，也从不失态失忆，母亲就一直认定是姥爷为了长辈的面子故意扯谎。

直到我以酒为生的那半年，我终于可以为姥爷做一个证人。

我实在不知我那半年醉后是什么丑态，从来没有人告诉过我，因为我每晚几乎都是一个人下班打车回家。有时记忆的画面像信号源不好的电影一样猛地在脑海中闪过，有那样一个画面我始终忘不了——

那天我穿了不合脚的鞋子，也不知是跳了多久的舞，双腿疲累，到了所住的楼下，见一个停放自行车的矮杆，似乎觉得累得实在走不回家了，便对着矮杆坐了下去。由于醉，平衡不好，身子晃了两晃，臀就一下子滑了下去，两个小腿就挂在了矮杆上，再也无法起来。我就以这样一个滑稽的姿势在凌晨无人的大街上无助地哭了起来，也不知哭了多久，终于来了一个少年将我拉了起来。

我没记得他的身高长相，但他肯定记得我，也许会记一辈子，也许他每看到酒就会举着杯子告诉他的朋友，多年前在一个初冬的凌晨，一个高个子漂亮女生因为醉酒把自己挂在了自行车棚的矮杆上，那模样蠢透了。

可他永远也不会知道我为何要喝那么多酒。

为何要喝那么多酒？

为何还要喝那么多酒?
为何还要喝酒?
我又没长胡子。

白花如雪

一个人离一棵树最近的时候,恐怕只在拥有它的时候,你可以随意攀上树干——如果它很高,刚好你的身体很矫健,你也可以不经任何人的允许采下它的果实——如果它结果,刚好你又觉得很美味。

那不同于现在林间的树、景区的树、路边的树、小区的树,有时看到一棵美貌的,站在它的前面合个影,却没法了解它四季的模样,或者是在秋天某个阳光流泻的下午,你惊喜地发现小区院里的几棵山楂树结果了,像一盏盏红通通的小灯笼,你很想再感受一下从树上摘下果子的满足感,刷新一下总是在超市看到果实们成堆集合的模样,却见树旁一个白底黑字的牌子上写着:上有农药,勿摘果实。"农药"倒是其次,关键是"勿摘",直接摆出所有权的口气,摘,就成了偷。

然而我是一个无比恪守原则的人,禁止自己与"偷"字有任何干系。

过了些时日，再去散步，发现满树的果实不翼而飞。没什么遗憾的，多半是它的物业公司主人趁夜摘了，过道清水把农药去了干净，当了福利吧。

可难免有些感怀，想着自己也曾是对那几棵果树有着所有权的人啊。

1996年之前，自家院子共长着五棵树，都是果树，一棵是杏树，三棵樱桃树，还有最高大的那棵是臭李子树。这几棵树没一个是我种下的，它们都是在我不记事的时候于我家院子肥沃的黑土里扎了根，自我记事开始，它们已经开花结果。

樱桃和杏是先开花的，淡粉色深白色一簇一簇在黑棕色的枝丫上，毛茸茸、娇滴滴，小家碧玉一般。而高大的臭李子树则像一个反射弧过长的家伙，等樱桃和杏的花瓣纷纷坠落了，它才抖擞起来，翠绿的叶子中间似是炸开了一团团白雪，还不停地散发着袭人的香气，让人不得不只瞩目它一下。这适时的绽放让家里的几个女人很青睐，动辄换身衣服藏身到它无比茂盛的花叶间拍张照片。

我从不是一个对花儿感兴趣的姑娘，特别是在不到10周岁的年纪，不管这臭李子树多么奋力地开放、多么渴望用香味分子占领这方土地，我永远视而不见地途经它跑出院子，跟小伙伴们在烈日底下捉迷藏、跳皮筋儿。

母亲、老姨和亲切的杜梅阿姨在稠李子花前合影

臭李子的花朵是纯白无瑕的，臭李子的果实是漆黑透亮的。它的花开得放肆，果实却生得很小，比黄豆粒略大一点，个个像是营养不良的皮包骨，放进嘴里，吝啬的果肉来不及咀嚼就被圆鼓鼓、坑洼洼的果核硌了牙堂，涩涩黑黑地挂在舌苔上，实在算不上什么享受，还有它的怪名字，总让我觉得它在李子堆中也定是受人挤对的角色。

我不喜欢它，因为它结的果实不好吃；我无视它，不管它是开花还是结果。然而这似乎并不能影响它的生长，就算它的果实每年都从蒂上掉落而后在泥土里腐烂,也并不会在第二年就少长些果实;女人们对它花朵的喜爱也并没有让它更加骄傲,拼命地再多开些白花,它只是自顾自地让树干向上、向天,让树根向下、向地,天与地,才是它的空间、它的世界。

缺牙的我也曾跟这些如雪的白花留念

1996 年,妈妈卖了平房和院子,我们搬进楼房,树们的生命依赖土壤,我们只好选择告别,可平房的新主人更是对果树不屑一顾,不知道什么时候他挥起斧子将它们都砍掉了,我们是偶然路过的时候惊愕地发现原本挺拔的树干都变成了几乎和土地一样平的低矮的树桩。

  我似乎是在那个时刻才突然意识到它们在我的童年扮演着至关重要的角色,是这种决绝的失去,才让我体会到它们曾经的陪伴。回想起那棵臭李子树每年凛然地在热烈的初夏带来冬雪,雪化了,还会再来,可是它呢?

  今年夏天,我跟妈妈一起前往鄂温克旗草原上的西索木,当地的亲属驱车带我们到一个沙山上看成片的樟子松林。下山的时候,妈妈发现一个坡地上生长着两棵瘦弱的臭李子树,早已过了开白花的季节,我一时没有认出来,细细的树干上零零散散地结着一些果子,我摘了一串放进嘴里。

  是的,我不喜欢这个味道,可它早在儿时就让我深深地记住了,这个味道给我带来了很多,是记忆,是纪念,是祭奠。

  于是,我更想好好地了解它。打开电脑查找资料,我知道了它真正的名字——稠李子,它的果实在秋天成熟,可那个时候并不好吃,只有经过霜打之后才会变得甘甜可口,林区的人们经常在秋天摘下它的果实,存放到冬天再食用,同样可以达到霜打的效果。这样的吃法就连亲手将它种下的妈妈都不曾知晓。

  只是我有点想不通,它的名字为什么是"稠"李子而不是"绸"李子,它的白花如白缎,黑果如黑锦,叶赛宁也在诗中这样称赞：

> 缎子般的花穗
>
> 在露的珍珠下璀璨，
>
> 像一对对明亮的耳环，
>
> 戴在美丽姑娘的耳上。

我承认，我是后知后觉的，其实它的模样在我脑海中已经模糊成绿色、白色和黑色，我不得不翻开妈妈曾经跟它的合影重新构建它的形象，这是一棵我在拥有它的时候却从未懂得过它的树，我在离它最近的时候却离它最远。

可是我又如何去证明我曾经拥有过它呢？

我一直不知道一棵稠李子树的寿命究竟有多长，如果我们没有离开那个院子，它会不会一直生长到现在，会不会从现在生长到以后，甚至比我的生命还要长？那样的话，就算依然没有人懂得它的果实怎样才好吃，它的白花一定会离天越来越近，它的根须则更深地扎入大地，而后在某个晴朗的夏日，那些白花就会像天空里的雪片一样纷纷扬扬地落下。

大虎将军

今冬极寒，大兴安岭有的地方低于零下60摄氏度。脑中偶有闲隙，担忧大虎，所有人都做着它今冬将死的准备，毕竟它已15岁高龄。以7倍计算，大虎是个百岁老人（105岁）。

大兴安岭冬季如刀，收割生命毫不留情，只能以火抵抗。然而火是普罗米修斯带给人类的礼物，并不赠予其他物种，健壮的动物也可被一夜激寒冻死，何况体毛粗糙哑暗的一条老狗。

过了立春，依然健在。南方已开始生花，大虎确是老姜一般辣。

大虎是一条猎犬，这样称呼它并不因为它属于金毛巡回猎犬、阿富汗猎犬、乞沙比克猎犬之类的猎犬血统，它的品种未知，却是真正随猎人上山打猎冲锋陷阵的狠角色，据说有两百多头野猪曾命丧其嘴。

无法想象它的獠牙一度何等威风，认识它的时候它的牙齿已呈平状，颜色黄旧，附着黑斑，如朽木。那是夏季，大兴安岭托扎敏乡短热的日子，大虎时常张着嘴巴伸出舌头散热，我眼见那平牙，告诉母亲不用惧它，可力毙两百多头野猪的实力加上老年痴呆症还是让母亲胆战心惊。

老年痴呆症是它主人说的，一个证据是任喊不听，非要咆哮；二是女主人换了集体制服竟不辨认，当成生人而吠。我见它常常发呆，站在一处不摇不晃，像在思索回忆，又像不知自己身在何处、自己是谁，呆着半天，莫名地在原地对着虚空哼叫几声。

2019 年夏天，大虎还健在的时候

然而有三件事它是不忘的：一是猎场，二是看家，三是恋爱。

我们一起去往山边河涧，它走得离我们甚远；我们拍照留念，它的孤影立在浅水中，望着更远的山脉。

我问它的主人——曾是猎人的舅舅："它在看什么？"

舅舅说:"山那边是它以前跟我打猎的地方。"

大虎如今不能驰骋,能代替它老迈身体的只剩下眺望。舅舅偶尔还打马进山,带着正当年的其他猎犬。不能再带着大虎,即便集体放慢速度,它腿脚已孱弱,耳朵已失灵。据说大虎总哀婉又焦急地看着他们走远。

大虎的尾巴最老。它已不像年轻狗那样热衷于以摇尾的方式表达友善与愉悦,它的尾巴像一个风吹不动的巨大麦穗垂落体后。它的生活以发呆为主,倘若自家院门前来了生人,它会立即从发呆神游的状态中解除,费力地甩着尾巴向大门慢吞吞地奔去,尽一只老狗最大的肺活量驱赶恐吓。

大虎眺望着它年轻壮硕时曾经驰骋猎物的远山密林

还有小美，能让大虎凝滞的尾巴微动的，当然是发情期的小美。它们曾是夫妻，小美生下过大虎的孩子。尽管高龄，大虎求爱的模样仍然像年轻狗一样不屈不挠，将一只守了小美一整个雨夜的蓝眼1岁小伙子狗赶出院子，而后围着小美又闻又舔。

也许是出于旧情，小美对大虎并不像对其他凑到它屁股附近闻嗅的狗一样愤怒地龇牙咧嘴，它不拒绝求爱，甚至有些含情脉脉地看大虎。可每当大虎准备施展雄性动物最引以为傲的姿势扑向小美时，小美一定会将它的屁股坐在地上，将门封死。面对无计可施的大虎，它依然使用温婉的目光。

好在这哀伤的事情很快会被老年痴呆的大虎忘掉。它也许只记得对恋爱的渴望，而不记得其带来的哀伤。

舅舅说，大虎3岁时来到他家，到现在已十二年。舅舅的父亲对动物另有看法，多年来勒令将大虎卖掉，因为没用。现在15岁的大虎才真正到了无用的地步，猎场已经遥远，空洞的吠叫缺乏威力，恋爱也已毫无魅力。

库切的《耻》中有段对话形容人对狗的态度："它们成了人类家具的一部分，是报警系统的一部分。它们尊敬我们，把我们当神来对待，可我们对它们的回报却是把它们当东西。"

曾因这句话难过，为人类自认为可以随意处置狗的命运而难堪，为我们总觉得在其他生命之上而不齿。而我现在知道不是，不全是。大虎从未被舅舅当作过东西，东西就是那种无用即弃的存在，而大虎曾经是舅舅猎场上的将军，是他的左膀右臂，是在它无力时他会尽力保护的亲人。

苏莫日根舅舅和大虎

大虎将军，就再多活两年吧！活着有时比有用要美好得多。

软软地躺在我枕边

黑珍珠

我现在养的猫咪叫黑珍珠,但我从来不这么叫她,当初取名字的时候,取的是《加勒比海盗》里杰克船长那艘船的名字,船叫"Black Pearl",为了方便,我们都叫她Bpearl,有的人发不好这个音,只好叫她"匹普"。

她来到这个世界的时候,也差不多是我的一段恋情开始的时候;她长到巴掌大的时候,我已经给这段恋情捆绑上了一个神圣的契约(当然,在西方是契约,在中国只具备法律效力)。我偕着那位夫君来到她出生的地方,一座位于北京百子湾的平房,花了八百块钱将她塞在棉衣里靠近我动脉的地方,接走了,似乎有种让她做我婚姻见证者的意味。

我记得那是3月的一个晚上,那天的风很凛冽,可她由于离开妈妈的惊叫却透着一股温暖，不蛮横，不声嘶力竭，好像在用一种商量的口吻。她通体漆黑，爸爸是一只纯黑色的孟买猫，妈妈是一只纯黑色的折耳猫。她长得像妈妈，耳朵贴在脑壳上，两只眼睛黑又亮。

可这并不代表她长得很好看。她的四只爪子出奇地大，好像戴着棉手套穿着雪地靴；四条腿又出奇地长，简直像《星球大战》里的帝国步行机 AT-AT；耳朵的确是折的，可她并没有折耳猫特有的超级可爱的包子脸。没有竖起来的大耳朵，她的脸就是一个长着两个圆球眼睛的等腰三角形，上面插着几根胡须。

Bpearl 一个多月的时候

那位夫君不允许她跟我们一起睡，到了晚上关上房门，将她独自留在漆黑的客厅。第一夜是她最难熬的，因为她第一次离开自己的妈妈在一个陌生的环境过夜。没有妈妈爸爸和兄弟姐妹毛茸茸地围在一起互相取暖，有的猫崽往往会因为突然被剥夺这种从出生就习以为常的生活方式而愤怒地叫上好几个晚上。她当然也叫，但是哀求式的挽歌般的试探性的，我于心不忍，却被夫君摁在床上。他有一个道听途说的理论：男人不能养猫，因为猫喜欢玩线和球，所以会伤害到他由"线"和"球"组成的命根子。我固然会以保护夫君为首任，只好听之任之，并准备一夜不睡，听猫咪的"控诉"到天亮。可没想到她叫了几声，见没人应，就再没声了。

第二天一早，醒来第一件事就是急匆匆地打开门，见她独自蜷在沙发上，正抬起小脑袋看着我，喵的一声，好像在说"早"，由于身躯长得太小，尚不能完全裹成一个团，就那么将将巴巴地窝在那里，还没那男人的拳头大。男人上班去了，我便如获释放般将猫咪搂到被窝里好生安慰。

这以后就有了一个惯例，男人早上起床，将禁闭的门大大敞开，我躺在被窝里深情地呼唤：Bpearl！Bpearl！她闻声就会立马哼哼唧唧、乐颠颠地跑进来，跳上床，躺在我的怀里，并伴随着呼噜呼噜的幸福声，还时常在我脖子上用她的两只大爪子交替"按摩"。那时尚不知她这么做的原因，还揣摩她是不是个面案子工投胎转世，把我脖子上的软肉当成了面团来揉。

随着日子的流逝，她慢慢长大了些，可竟然越来越丑，原本漆黑无杂的毛变成乱七八糟的黑灰相间，满脸肆意窜出来的灰毛简直像暴满青春痘的青少年的脸。后来那灰毛开玩笑似的在她脸上长了一圈，配上三角脸，活脱脱一个孙悟空。可我一点都不嫌弃她，换着姿势给她拍各种照片，还发给同样养猫的朋友们炫耀。对方多半不予置评，只发一个笑脸，想来也是不好意思说，这是所见过的最丑的猫。

我当然不会嫌弃她，毕竟曾有那么多猫咪，我都没能陪他们走到最后。所以，当 Bpearl 来到我身边的那一刻，我下定决心，十几年的光阴和温柔相待，我是给定了，才不管她美与丑，

我和小小的 Bpearl

就好像要将我曾经说出的承诺,都在她身上兑现。

葛日威

实际上,葛日威的妈妈才是我生命中的第一只猫咪,她没有专属名字,全家人都叫她咪咪。她是一只中华田园猫,有着锋利的爪子和锋利的性格,她来到我家是为了逮老鼠的。不过她究竟是怎样来到我家,怎样跟邻居家的公猫谈了恋爱,怎样蹿到平房的二层棚生下葛日威的,我已经不记得了,去搜索记忆的仓库,便是一团金黄的火焰在我家平房的仓库里逃来奔去的样子。

葛日威是一只黄白相间的虎斑猫,是咪咪的第一个儿子,不知是因为咪咪的体型太小只生了这个独生子,还是把剩下的猫崽弃之不顾了。因为我们家没有梯子,也没有男人,没法去漆黑的平房二层棚一探究竟。总之咪咪把所有的溺爱都给了葛日威,溺爱到她生了第二胎时,葛日威还在吃她的奶,以致饿死了妹妹。我还记得咪咪叼着死掉的小母猫看着我们的眼神,她那无辜的样子好像根本不知道是她作为母亲的失职和对葛日威的专宠造成了这个结局。

我们并不知道咪咪有没有吸取这个教训,因为她没有来得及生第三胎就吃了毒老鼠死去了。葛日威便成了当时我家唯一的猫咪,他是一个大懒蛋,一个大馋猫,从来不去抓老鼠,因为咪咪临死前并没有将这个技能传授给他。咪咪总是嘴里叼着老鼠从外面凯旋,在平房的走廊里呼唤葛日威出来吃饭,那时她嘴里就发出这样的声音:葛日威。我们才知

"摩登"的我和葛日威的妈妈

道猫咪原来不只会喵喵叫,为了冒充他的妈妈,我们也经常这么唤他。这就是他名字的由来。

咪咪死了以后,从小吃着老鼠肉长大的葛日威再也没有这么硬的伙食了,我们并不富裕的家庭并不能餐餐见肉,葛日威的伙食便成了菜汤泡米饭,这使得他从此以后总是一脸幽怨。如果我们家偶尔炖了肉,母亲为了防止他围着饭桌叫来叫去,将他关在门外,他会毫不客气地在门外大声嚎叫,像示威的人

一样呼吁平等对待。不堪其扰的母亲丢一块肉给他，他对着好不容易得来的肉还要呜呜嗷嗷地嘟囔几句再吃。

因为这样，我们全家人都不太喜欢他，就像讨厌一个生在普通家庭却贪图享受贪得无厌的装蛋犯。

然而这并不影响我跟他的关系，因为他要吃要喝或一脸幽怨的对象不是我，而是我主持家务的母亲。他对我来说就是一个长得很好看的动物，是一个毛茸茸的手感很好的小家伙，是一个我薅住他的尾巴将他拖拽过来他却不会像咪咪那样反爪狂挠我脸的乖乖虎。

每次我擒住他的尾巴，再将他搂在怀里，他都逆来顺受。

那次我狠狠地用小棍抽打他的身体，他也逆来顺受，只是惊恐地呼号。那是我第一次在自己的身上发现了暴戾的一面，只因为我看到同住一起的表姨的前夫来看他们的女儿，我想起我那对我不闻不问的父亲，就将葛日威，这个全家都不太喜欢的、对我们来说没有任何价值的、只知道索要肉吃的小家伙当成发泄的工具。

母亲又心疼我又心疼猫，有些嗔怒地质问："你这么打他？他不疼吗？"

我并没有反问母亲："你根本就不喜欢他，为什么要关心他疼不疼？"

我只是看着母亲蹲下身子用手抚摸挤在墙角瑟瑟发抖的他，告诉他"不用害怕，不打你了"，我在那一刻明白了，即便不喜欢，也没有理由虐待，哪怕你比他高大强壮，哪怕他毫无还手之力。

狗蛋、葛日威和我，没记错的话，我的手是下了力道的，它原本只是路过

葛日威五六岁的时候不知道得了什么病，总是不分时间、地点地呕吐，经常趁人不备就吐在沙发上，让整个屋子散发恶臭。那是母亲让木匠打的沙发，海绵都钉在木板上，无法拆卸清洗，母亲只好将沙发搬到院子外面，等雨水来做"清洁工"。

也因为这样，母亲再也不让葛日威在客厅过夜，白天他偶尔可以睡在沙发上，可任谁听见他呕呕地发出声音，就赶紧将他驱赶。

住在平房，母亲非常辛苦，每到冬天要劈柴、铲煤、挖灰。在得知终于可以搬进单位盖的家属楼时，她毫不犹豫地报了名。那时根本不知道世界上还有猫砂这种东西，母亲说楼里无法养猫，就将葛日威留给了买下我们平房的人。

我有些不舍，可终究没有哭，因为他真的算不上一只可爱的猫咪。

搬走后，偶尔想念他，放了学或假期的时候便绕道去平房看他。有次我和母亲一起带了在饭店吃剩的鱼和肉，想着这是他最喜欢吃的了。他看到我们喵喵叫，对鱼和肉却毫无兴趣，一口未沾，还是一脸幽怨。

那次之后，再去就听平房的新主人说，已经不见了许多时日。

长大后，开始养猫，知道猫咪要死的时候都会找一个地方藏起来不被人发现；长大后，开始懂猫，知道在葛日威短暂的一生里，我和母亲都没能给予他一个猫咪所希求的一切。我似乎从来没有听过来自他喉咙里的象征着信任、放松和幸福的呼噜声，也没见过他瞪着好奇的大眼睛勾勾跳跳玩耍的样子。

与他分别时，我没哭，后来知道他死了，我也没哭，我是将这眼泪都留到了现在。其实我已经记不清他的模样了，他的脸、眼睛、爪子、尾巴，他的叫声，都记不清了，家里连一张他的清晰的照片也没有留下。

然而，我还是可以回想起我如何抱着他，回想起他在我怀里像个婴儿一样不挣扎、不恼怒，就那么安静地承受着，没有对我伸出过一次利爪。想到这里，我总是流泪，这饱含无限的悔恨、内疚和思念的眼泪，恐怕一流就会是一辈子。

追猫者

我也不知道是从什么时候开始钟情于猫的。

葛日威死了以后，我在楼房住了八年，直到 2005 年考上大学。这期间既没在街上见过"流浪猫"，也没在谁家见过养着的家猫，再见猫是上了大学之后。

成都是个城市，有别于我们的莫力达瓦小镇，经常在小区楼宇前的花坛树丛间出现压低着身子奔跑的流浪猫。其实他们并不是一开始就压低身子带有防备地逃跑，而是因为我只要一见到猫的身影就嘴里喊着"咪咪咪咪"，然后躬着身子冲上去，他们本来在悠闲地迈着猫步，听见我的声音，先是立定原地，而后侧耳侧头，见我真的冲过来了，便迅速压低身子跑开。但也不是一溜烟儿跑没影，总是跑几步便不可置信似的回头侦察，看我攻势依然，就继续逃跑。我们总是亦步亦趋地形成对峙，直到猫们钻进灌木丛消失不见。

同行的朋友经常埋怨我行为诡异。原本一行人走得好好的，突然一回头，见我被落下好远，好大的个子虾米一样站在街中央，跟着又虾米游泳一样跑起来，就为了追只猫，他们不懂。其实那时我也不懂，可我见了猫就像鱼见了饵，非要去试试不可。现在想来，从记事起家里就陪着猫咪，他们早已是我童年记忆的组成部分，如果按照弗洛伊德的童年决定论，再见猫，一定是失而复得的喜悦和本能让我变成了一个看上去很可笑的追猫者。

我还有这个习惯，直到现在。

喜宝

真正重新拥有一只猫是在 2011 年。

2011 年，我只身前往成都，或者说，回到成都，毕竟那是一个我曾经学习和工作的、融入过又隔离着的、了解又陌生的城市，一个见证我的成长和伤痛，又让我有着深深羁绊的城市。

离开又返回，只是为了一份爱情的召唤。

到了成都，租房自住，找一家杂志社上班。爱玩魔兽、打麻将的男友终日对我不闻不问的态度并不让我感觉自己是一个已经许配出去的人。那时认识一个神秘兮兮的商人，我跟母亲私底下叫他"王老五"，他欣赏我能写字儿，偶尔请我吃饭，后来甚至与我一同去了宠物市场买了只猫送我。

那个宠物市场我去过很多次，离我住的地方不远，一楼有很多热带鱼和乌龟，经过一个不再电动的电梯到达二楼，是许多家出售猫咪的小店。第一次去是抱着"揩油"的恶念头，想装作一个预备买猫的客官揉抓揉抓那些小可爱，谁想老板们将猫咪保护得很好，为他们制作了很多透明的隔离小屋子，说是怕生人把手上的细菌带给他们，我只好仅饱眼福。走遍二楼所有的店，最便宜的一只猫也要两千八百块，可我刚刚租下房子用的钱还是母亲寄来的。

那只最便宜的猫就是喜宝，"王老五"某次饭后同我一起逛了宠物市场买来送了我。当时他说猫的所有者是他，只是放在我处寄养，买了猫也顺带将猫粮、猫砂、猫窝、猫厕所一并买了个齐，可从此以后他再没过问这只猫过得怎样，只问我："取了个什么名字？"

我答："喜宝。"

我并不是亦舒的忠实粉丝，只在大学时读过她的几本书，对"喜宝"这个名字尤为青睐，喜气洋洋、珠光宝气，想着把它送给我的这只棕虎斑折耳猫，证明她是我最喜爱的宝贝。

喜宝刚来我身边时也只有巴掌大，已经学会了吃猫粮和用猫砂。成都的冬天是很难挨的，

喜宝三四个月大的样子

阴冷透骨，我和喜宝夜夜在一个被窝里搂着彼此取暖，她需要的是肢体上的温暖，而我需要的是一种陪伴的温暖。

白天出去上班，让喜宝守着家，傍晚用钥匙打开门，大喊着"喜宝喜宝！"她就从卧室的被窝里钻出来，高兴地向我奔过来。白天我不在，她只顾睡觉，也不怎么吃东西，跟我打过招呼之后就找到饭碗，咔咔地嚼着猫粮。我也想她，她边吃我边摩挲她的脊梁，谁想这还给她之后养成了边吃饭边按摩的臭毛病。

每晚睡前淋浴，一关上卫生间的门，她总以为我又要离开家撇下她，蹲在卫生间的门口惨叫、挠门。搞得我总是洗得匆匆忙忙，赶紧打开门出现在她视线里让她安心。她想挨近我，小爪子一伸进来就沾了地上的水，那对她来说如同陷阱，她就又抗议般地对着我喊叫起来。

跟 Bpearl 不一样，喜宝从小就是个漂亮的姑娘，从我第一眼见到她到后来她五个多月大的时候离开她，再到后来她现在的主人娇姐偶尔给我看她的照片，她一直保持着漂亮可爱的样子；跟 Bpearl 不一样，她性格蛮横霸道，总是像被惯坏了的没教养的大小姐一样对我大喊大叫。

可我那时没有彩虹般的好心情接纳她的大喊大叫。我经常怀里抱着她坐在沙发上歇斯底里地大哭大号，或者写着写着工作稿就突然用最高分贝对着电脑唱起了《青藏高原》。反正我的租住屋像一个冷宫一样无人问津，制造噪音可能只是为了证明自己的存在。

我不想用"举目无亲"这个词来形容那时的自己，可的确没有更合适的了。自从租下那个房子，那个爱玩魔兽、打麻将的男友固然是极少"莅临"，他的父母我未来的公婆也从不到访，只是隔几个周末叫我去他家一块吃顿饭。我当时说不出来哪里不对，因为我好像也不知道对的应该是什么样子，我只知道我总是浸淫在一种委屈、愤怒、迷茫、孤独之中，它们经常像英国电影《倒带人生》里斯图尔特所说的"黑色迷雾"一样在我毫无防备的时刻突然袭来。

我还记得我第一次把喜宝狠狠推开。那是个跟往常一样阴冷的晚上，她趴在我腿上，我则对着电脑熬夜写稿，写得通体酸痛。我想活动一下，可她就像块年糕一样粘在我腿上不愿意离开刚蓄好的暖窝。我轻轻地推了她两三次，连说带劝，她都一动不动，我的心里突然好像有什么东西爆炸了，我一把推在她身上，把她推出去好远。她瞪着惊恐的眼睛看了我许久，然后跳下床跑出了卧室。

可是，她生气又怎么样呢？毕竟她只有我。我给她喂饭喂水，铲猫屎，夜里冷了，她还是得低三下四地娇叫着请求钻进被窝，我们就又和好如初。

随着我与男友沟通无果，同事也替我打抱不平：你凭什么年纪轻轻就像守活寡？可我又没办法离开他，如果离开，那么我当初抛下一切来到成都岂不是成了一个笑话？我跟自己较劲，我的"黑色迷雾"越来越浓。

我开始变成一个喜怒无常的人，可除了喜宝，别人都不知道。

我时而对她柔声细语，时而对她破口大骂；时而与她搂搂抱抱，时而将她关在门外；时而与她卿卿我我，时而将她一把推开。由于她总是大喊大叫，我又总是神经衰弱，最严重的时候，我会拎起她小小的身体然后扔在地上，对着她发了疯似的大喊："闭嘴！"

可即便这样，我每次下班回家打开门呼唤她，她都无一例外地向我奔来。我从来不知道她是不是也跟我一样，委屈、愤怒、迷茫、孤独，我就像我小的时候拿着小棍抽葛日威一样，用我的喜怒无常抽打喜宝对我所有的信任和依赖。谁说她不是举目无亲呢？她生活的空间就只有这六十多平方米，她生命的全部都只是面对我一个人。

后来我搬家了，搬离了那个总是没有阳光照射的阴面房子；然后我分手了，他也许是我回到成都的理由，可不能成为我不好好生活的理由；接着，母亲从内蒙古老家来成都陪我，我终于结束了举目无亲的生活，也结束了喜怒无常。

喜宝那个时候应该有四个多月大了，她的生命中突然出现了另外一个人。

母亲自称喜宝的"姥姥"，也就真的按照隔辈亲的方式宠爱喜宝。买猫的时候店家告诉我折耳猫的肠胃不好，一岁前除了猫粮不能喂其他东西，可是母亲不管那么多，经常偷偷地喂喜宝油条、发糕、面包、香肠、猪肉。我去上班的时候，她们俩面面相觑，经常拿着一颗枇杷籽儿玩得不亦乐乎。

喜宝从亲近我渐渐倒戈向亲近母亲，以至于后来都不让我抱了。

我心里想着是母亲用些手段故意跟我争抢喜宝，而喜宝也就真的验证了人们所说的"猫不忠诚"这个说法。我心底里越发地讨厌起她们两个，她们玩得越高兴，我就越感觉到遭受背叛。

母亲来了之后，喜宝的开始了钻垃圾桶的游戏，神情乖张了许多

我不是一个有城府的人，母亲很快感受到了我的情绪，她并不知道我是因为嫉妒，其实那时我也不知道。她只伤心地认为我是一个极端苛刻、自私、连自己的母亲都包容不了的不孝子，便收拾行李离开了。

与此同时，一个杂志社要举办为期一周的文学活动，我将喜宝托付给她"真正"的主人"王老五",他很负责地找了娇姐寄养喜宝。七天过去,我回到成都前往娇姐家接喜宝,没想到她竟然对我不理不睬,不管我怎么讨好,她都一直背对着我。我更愤怒了,决定再也不要跟这个叛徒有什么瓜葛。

我对娇姐说:"我不要她了,送给你吧,反正她喜欢你这里。"

我给母亲致电,告诉她已将喜宝送人,母亲说我心太狠,然后哭了好些日子。

可我也真的再没什么理由留在成都了。

2012年夏天,我搬到了北京,跟在北京生活的发小叙旧。聊天中发小问起喜宝,我说,由于她的背叛,我已经离弃了她。发小无奈地笑笑说:"猫都那样,被送走寄养会生气的,你接回来哄两天就好了。"

可还来得及吗?

母亲也要求我跟娇姐商量,等我们在北京稳定下来就将喜宝接回来,不管花多少钱,不管有多麻烦。我也记不清是哪一天,我和母亲都觉得是时候了,可以将她接回来了,我们二人商量怎么跟娇姐说,然后掐指一算,喜宝已经在她家养了半年多,比我自己养的时间还要长。

是来不及了。

来不及跟喜宝道个歉,为我所有的喜怒无常,为我意气用事的离弃,为我将她当成附属品的自私。其实当初在买喜宝的时候,我知道她会活十几年,可实际上我并没有好好地考虑十几年究竟有多长,从她三十天大的时候到我最后一次见到她,我们在一起一共也不过四个月时间。现在,她已经5岁了,我每次回想起她,都是我将她推开之后她失望不解的脸和被我关在门外后凄厉的喊叫。

就这样,我又一次辜负了一只猫。

记得以前她经常领着我或者母亲来到自己饭碗跟前,待我们蹲下开始用手掌摩挲她了,她才肯吃饭,不知她现在是不是还保留着这个臭毛病。我真的很想什么时候再回成都看她一眼,对着她漂亮的小脸很认真地说句"对不起",我想她一定听得懂。可是我得抓紧了,毕竟也许一等待一犹豫,十年瞬间就过去了。

Nia Nia

母亲禁止我再养猫或任何宠物。可我拥有的第二只猫咪也不是自己买的,也是一个礼物,来自我搬到北京后结识的一个设计师朋友。

他是一只暹罗猫,原产于泰国,故名暹罗猫,两百多年前被饲养在皇宫和寺院。我们民族儿语和成人语略有区别,儿语多是叠音，Nia Nia 在儿语里是"肉"的意思，我给他取了这个名字，希望他能长得白白胖胖。

他爪子锋利、无比淘气，一天到晚上蹿下跳，换牙的时候更是狠命咬我的手，经常把我手上腿上弄出一道道血印子。我却从不生气，没对他大声说过话，也没在他屁股上拍过一下，好像是把从没对喜宝有过的耐心都加倍用在他身上了。

NiaNia 的一张肖像

他喜欢我的头发，每晚睡觉的时候总是卧在我甩在一边的长长的头发上。而且他是个胆小鬼，有一次家里电视坏了，叫了修理工来修，男人瓮声瓮气的重低音让他简直不知往哪里躲。修理工走了之后，我到处找不到他，然后竟然在卫生间的一个角落发现了一小片黄黄的尿迹，我想这真正是网络上所谓的"吓尿了"。

母亲与我同住之后，也用同样的方法企图"讨好"他，跟他搞关系,可他不为所动,始终唯我马首是瞻。是暹罗猫比折耳猫忠诚吗?我想并不是,毕竟 Nia Nia 从见到我的那一刻,从没见过我因为心理失衡而扭曲的脸,从没听过我因为情绪压抑而号叫的嗓音,我从没有迁怒于他,由于曾经对两只猫的内疚和辜负,我早已将我虐待他们的"小棍"扔掉了。

养他的时候,我学会用我的生命丈量十年究竟意味着什么,也预备好要对他并不长的生命负起责任来。可在他也差不多五个多月大的时候,每晚睡觉前,他都趴在我的被子上面动来动去,我一直不知道他在干什么,直到有一天我打开了台灯,才知道他快发情了。

我犹豫是给他做绝育手术还是给他找一个"女朋友"。很早之前就知道一个报社的朋友家里也养着一只年纪差不多的暹罗猫,是母的,这位朋友总是觊觎我的 Nia Nia,想让 Nia Nia 去他家当"入赘女婿"。我想起小时候咪咪生葛日威的时候,家里来了一只体型很大的公猫,见了主人也不躲,就那么硬着头皮往里进,任母亲怎么拿扫把驱赶也不走,那一定是葛日威的爸爸来看自己的儿子吧。

我想着,我是那么渴望恋爱渴望陪伴,Nia Nia 如果谈了对象肯定也是这样的愿望吧,他肯定不愿意"配种"之后就离开豆妮,肯定也渴望守在她的身边,看着他们的宝宝出生吧。

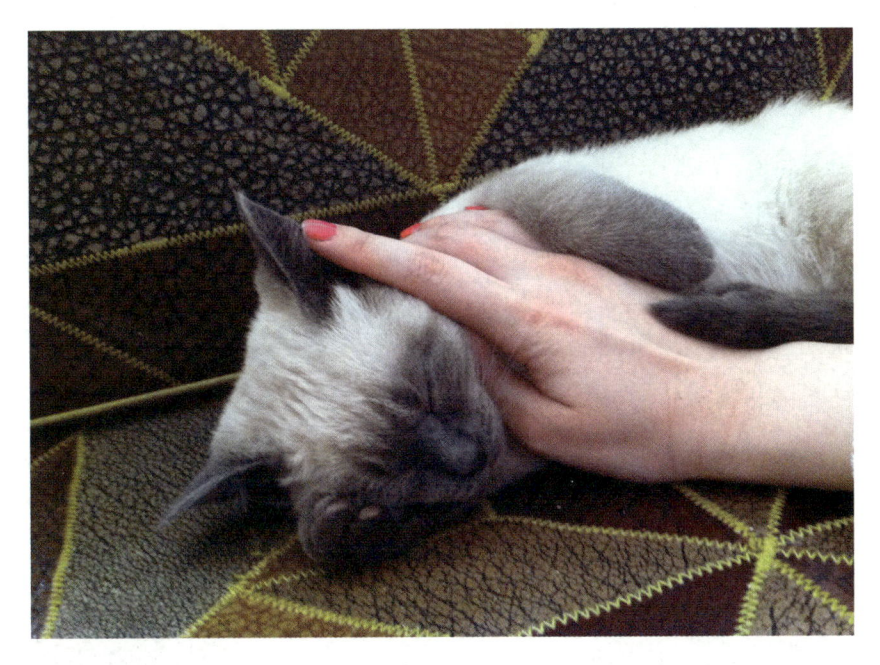

快要把他送人的日子，他并不知情，安心睡眠

于是，我就像嫁儿子一样，把 Nia Nia"嫁"出去了。

"嫁"他那天，我眼泪流尽了，以至于现在我每每想到他，知道他有过一个不错的童年，知道他现在也正跟妻子过着幸福的生活，我总是欣慰地笑着。

黑珍珠

由于我主动养过的两只猫咪都是五个多月大的时候跟我永

远地分离了，我生怕这是一个诅咒，生怕 Bpearl 也在五个多月时由于什么诡异的原因被我送走。她满脸窜出来的灰毛虽然很丑，但在视觉上，很有暹罗猫鼻子和耳朵重点色的效果，加上折着的耳朵，很难不让我觉得她是喜宝和 Nia Nia 的合体。

　　她是一只很懂事的猫，我不喜欢她做什么，严厉地说一次她就记得了，总是娇滴滴地叫着，瞪着两个浑圆的黄眼珠含情脉脉地看着我。可我想她也不愿意成为其他猫咪的替身吧，五个月之后，她脸上的灰毛渐渐褪去，脸型也变成了折耳猫特有的圆鼓鼓的包子脸，忽地就出落成一个大美女，像是要给我个惊喜。

Bpearl 6 岁的样子

　　那位夫君关于线和球的谬论经过时间的验证而被否认，Bpearl 可以随意出入客厅和卧室了，不管白天还是黑夜，她总是睡在脚边，不是他的就是我的。

　　为了避免她也有当妈妈组建家庭的渴望，在她八个月大还未发情的时候，我将她带到宠物医院做了绝育手术。母猫做绝育手术是要剖开肚子的，医院的护士抓住她的大爪子将毛剃了一块下去，用一个细细的针给她打进麻药，她一下就软成了一团黑"棉花"。看着她无助又惊恐的样子，我冲到宠物医院门外心疼地哭了半天。我心里惴惴不安，怕这种痛苦给她造成心理阴影从而再也不信任我了。

　　但是她没有。养伤期间，她的脾气变得有些暴躁，经常自己趴着就愤怒地叫起来，我想一定是伤口又疼了。随着她渐渐好起来，她还是那个经常给我"按摩"、娇滴滴地撒娇、含情脉脉地注视、求抱抱求玩耍的可爱小家伙。我经常把她当枕头将头靠在她身上，她立马会激动地发出呼噜呼噜声。她还是我的"小粉丝"，我偶尔在家里哼唱两句，只要我一开口，她就哼哼唧唧地跑到我跟前，拼命用脸蹭我的身体，好像安慰我不要难过了，念英语的时候也有同样的效果，不知道如果有天我唱首英语歌，她会不会激动得晕过去。

　　有天晚上我梦见 Bpearl 死了，抽泣着在黑暗中醒过来，一转头，她软软的绒毛敷在了我的脸上，我赶紧伸手搂住她。是的，她现在睡在我的枕边，自从我的双人床又恢复成一个人睡的时候，我每晚都把另一只枕头扔到一边，给 Bpearl 腾出地方。我和那位夫君从法庭回来的那天，我一个人坐在地毯上暗自流泪，Bpearl 趴在一旁转头看着我。我觉得很纳闷，如果我有时看手机或者看电影大笑的时候，她从来不会这么关注地看着我，可只要我一流泪一抽泣，她立马会很警觉地望向我，不一会儿就来到我的身旁，趴在我的腿上。

Bpearl6 岁的样子

后来我知道，有些猫咪也会给主人"按摩"，这源自他们儿时拱在母猫肚子前吃奶的习惯。不管她是不是把我当成妈妈，我都应该对她有妈妈的责任和妈妈的爱，而不是把她当成招之即来挥之即去的低等动物。要知道，虽然他们不会说话不会表达，但他们一定是深深地爱着你的，可能比你对他们的爱要多得多。

  我回想起当初把她抱回家的那天，希望她做一个婚姻的见证者，我当时揣测，我的那段爱情怎么也应该比她的生命长，毕竟十几年也不算是多久的光阴。Bpearl 现在 2 岁多了，我的婚姻破碎了，可我不会对着她的小脸问："你瞧！怎么变成了这样？"也不会像有些人认为的那样："黑猫妨人，你把猫送人，你男人就回来了。"

我和 Bpearl

  我不会的。因为我现在眼见着，她是还留在我身边的那个，她是一直爱着我从未改变的那个，她是躺在我枕边安安静静陪伴我的那个。

羊肉战

儿时拒食羊肉,尽管生长在内蒙古腹地。不食羊肉、不会骑马、不通母语,仿佛彰显血液中部分不属少数族裔的倔强、叛逆。

拒食羊肉,由于家中寒窘,牛肉和猪肉也不常吃到。母亲十餐有八九餐做鸡蛋炸酱面,吃得我气急败坏,偶得羊肉的新鲜却无法拯救,愤恨之情更甚——气急败坏地吃炸酱面总可以吃饱,有羊肉的一餐于我意味着这顿饭的取消。他们一边嚼得满嘴流油一边鼓动我吃,神情之"邪恶"仿佛巫师要诱我喝下变肥的毒酒。

我本性如同小红帽,每次面对他们言不由衷的"这次一点都不膻"都会上当受骗。经过一次又一次的味觉"牺牲",终于在十三四岁时以涮羊肉的方式接受了羊肉——将冰冻羊肉卷切得薄软如宣纸,滚水里烫一下,褪去血的殷与脂的煞,蘸芝麻酱、豆腐乳、韭菜花混合搅拌的味料,膻竟变成了绵。入口的享受便是被攻破的城门，紧接着，羊肉大军改头换面地向我的城池渗透，直至全部占领。

羊肉串、烤羊腿、手把肉、羊肉汤，无一不涉，吃到后面佐料递减。从烟熏火燎时加入油、孜然、辣椒、胡椒到清白水煮只配上少许姜葱与食盐，来者不拒。这过程如滴水穿石如聚沙成塔，可见只要方法得当，加上时间，这世上没有不能解除的仇怨与对峙。最后母亲发明的一道菜甚得我心——羊肉、土豆、胡萝卜、老姜、香菜、大葱段，一起丢进锅里煮，清新而丰富。

吃是吃的，但对羊肉的来处有挑剔：须是草原羊，顶好是海拉尔羊。那些大尾巴羊屁股上遮着小茸帘子一般的片状尾巴，随着它们的奔跑一扇一扇的。它们吃海拉尔碱性草原上生长的草，喝碱性河湾里流动的水，据说对祛除膻味有极好功效，因此海拉尔羊肉也被称为无膻羊肉。

有一年初春，母亲就从老家带了海拉尔羊肉给在京许久的我（及那时的丈夫），她用白色泡沫箱装着，冻肉经过二十多小时融化出红色血水。我接过羊肉，就觉那肉更沉，它走过一千多公里，母亲双手拎到我面前。母亲将炖羊肉的方法教给我，她在的日子大概只吃了一次。她开玩笑说，她回家后可以随处吃，何必在北京占我们的指标来吃？可我清楚母亲独自在家从不吃肉。于是母亲的这道炖羊肉在我心中便是京城生活的盛宴，

美味的内蒙羊排

把金贵的肉好好珍藏在冰箱,并不挥霍。

从初春到深冬,将羊肉小心翼翼地消耗。

春节时,那时的婆婆拎着大包小什来同我们过年。她儿子提出要求,吃久违的羊肉馅饺子,于是将我的珍藏贡献出一些,所剩的还够再炖一次。帮着婆婆将羊肉剁成馅并和面包饺子,他们母子吃得高兴,我和来做客的一条拉布拉多犬及其主人都对饺子毫无兴致。

婆婆说:"我帮你把剩下的羊肉全剁了吧。"

我说:"不用了妈,那些我还留着炖着吃呢。"

婆婆说:"你咋炖?"

我说:"胡萝卜、土豆一起炖。"

婆婆说:"你应该用大萝卜。"

我说:"胡萝卜也行的,他也喜欢吃。"

婆婆没再接话,下午从超市回来拎着一个大萝卜。我边迎她进屋,边问大萝卜做什么菜。她无比笃定地说:"给你炖羊肉啊!"

大萝卜没有用来炖羊肉,第二天我再次从婆婆将羊肉剁成泥的"企图"中救下羊肉时与那时的丈夫发生了不快。我央求他转告婆婆不要剁,他愤怒地说:"剁不剁有那么重要吗?剁了又咋了?"

那块从刀下被拯救的羊肉忽然变得有罪,就像一场战争之后的幸存者,时刻提醒维持脆弱和平的双方曾经的裂缝。它最好被遗忘,被放在冰箱里冻得与冰不分彼此,最好被冻得失去羊肉的模样与味道。

又到春天,我分居般回到老家。几日后他也出差到外地。没人交电费。不知过了多久,借宿的朋友告知他没有电的冰箱里长满蛆虫,蚕食了我们剩下的所有与生活有关的食物,包括那块羊肉。

如果所有生活的不幸牺牲的只是一块羊肉多好。而现在,终于再无人总念念不忘地将我的羊肉剁成泥。

乌云与草原的关系

考试那天天气凉爽,阳光躲在有些稀疏的云层后面。

这是 6 月,位处北纬 48°的莫力达瓦,阳光已经开始变得毒辣,春夏之替,冷热空气交锋的时节,总是随机地酷热几天阴凉几日。考驾照时遇上阴天,让我内心焦灼的同时不必使皮层过薄的皮肤也焦灼,亦是小幸运。

7 点抵达考场,模拟一次,各项一百分,依然止不住心里打鼓。在一群同样焦灼并聒噪的候考者中间藏匿自己,而后我们便集体目睹一大片乌云像玉帝的侍者为其殷勤铺展地毯一般从天上铺了过来,压在头顶。

这片乌云并不卖什么关子,也不负自己的使命,没几分钟便毫不客气地落起了雨点。清凉的雨点落在地上使温度更低,落在我心里却像给火堆填了桦子——我从未在雨天练习过开车。在候考的小屋里,有人分发速效救心丸,我只能寻母亲获取安慰,母亲为我不知何时变成了紧张体质而唏嘘不已,一面又说,下雨对草原和庄稼是好事啊，今年旱。于是我找到了安慰自己的理由：如果这雨能让庄稼和草原茂盛，我考试失败也是值得的。

我便就失败了。

回程，关切地问家住南屯的小表哥，草原上可也下雨了？他说，还是大晴天，今年还是旱。

还是旱，就如去年一样。

多年在外，每次与人告知家乡是内蒙古，他们总认为我就是草原上骑着马放着羊长大的姑娘。实际上，我对草原知之甚少，我的六根，我所有的身体发肤，身上的每一根视听触觉的神经，都与草原很远很远。我对草原并不比对大海熟悉，它们对我来说同样浩瀚深远、无边无际，甚至使人恐惧，拥有随时可将我等孱弱的生命摧毁的巨大力量。

这种知之甚少的状态似乎有负我的内蒙古籍贯。母亲从多年前开始便一再张罗携我前往草原一游（这与我自身缺乏冒险精神有关），是啊，我也只能是一游，并不比那些向往草原的中原人士强多少。

我像看预告片一样率先自行于2015年夏季选择了内蒙古西部地区的希拉穆仁大草原旅行。驱车前往的路途中，司机开玩笑说："希拉穆仁什么意思？就是稀稀拉拉没有人。"当我双脚踩在草原上时，目极远天，那草的确绿得并不充沛，草的质地坚硬且短，沙土和草青黄相间，像是布满补丁的破衣衫。

2016年夏季在万里无云、草地贫瘠的呼伦贝尔

同去的友人不屑地质问："风吹草低见牛羊？这草连牛蹄子都盖不住吧？"

我便摇头晃脑颇为得意地解释道："这句话专属于我们呼伦贝尔大草原。"

据说希拉穆仁大草原与响沙湾沙漠距离不远，这里的土质和稀少的降雨只能孕育出坚硬短悍的呈现着墨绿色的草。而如长发一般柔软、如青梅一般娇绿、如波浪一般翻滚的草，只在呼伦贝尔生长。

次年夏天，我带着满目饥渴，终于随母亲乘坐六个多小时的大巴车，去往海拉尔。现在，呼伦贝尔的行政中心是呼伦贝尔市，在呼伦贝尔还是盟的时候，那个地方叫作海拉尔，2001 年呼伦贝尔撤盟设市，海拉尔依然是呼伦贝尔市的人民政府所在地。2002 年，撤销县级海拉尔市，成立海拉尔区。然而似乎除了填写快递单子，人们还是习惯性地称呼那个城市为海拉尔。

"海拉尔"这个名字，带着历史的痕迹，充满梦幻，意为"野韭菜生长茂盛的地方"。《往日时光》的歌词里写道："海拉尔多雪的冬天，传来三套车的歌唱。"如果换成"呼伦贝尔多雪的冬天"，难免会产生在阅读天气预报的错觉，至少我是这样。

要去往呼伦贝尔境内的任何一片草原，都要从海拉尔出发。

"知之甚少"再次作梗，我并不知道呼伦贝尔都有哪些草原，也不知道哪片草原最为肥美，由母亲做主，我们选择了有亲属居住的鄂温克旗草原（在对草原的求知欲上，我多么像一个没有大脑的木偶）。蒙古族作家海勒根那由于臀疾（健身过度所致）不能亲自送我们前往草原，但这没有削减他的热情好客，专门派了一辆黑色轿车，在海拉尔，陆续接上了我的二表舅和瓦日表姨，我们终于要进入真正的草原。

出了城区，楼房消失，开始出现一些整齐排列的平房，再往前，平房愈加稀少。我期待着，哪一处真正的草原像绿色的北极光砸向地面一样撞入我的眼帘，耀眼且蛮横，于是我一刻不停地望着车窗外，然而那草一直枯黄一片。

瓦日表姨也望着窗外，我看不到她的表情，却听她说："整个7月都没有下雨了。"可时间明明还未到7月半，她的话语难免让人感到一丝绝望，接着她又黯然地说："这草已经像秋天的草了。"她有一个牧民丈夫，我那时并不知道一个夏天丰茂的草原对牧民来说意味着什么。我只觉得自己实在不该在心底不屑希拉穆仁大草原，因为我眼见的呼伦贝尔大草原几乎与它无异，有种命运的嘲弄感。

草很矮，稀疏贫瘠，一块绿一块黄，像得了白化病人的皮肤一样斑驳，远处的小山包也像剃了发的和尚头，正结跏趺坐冥想，偶尔有牛群顺坡踩上去，踢踢踏踏，可一点不影响他的入定。还有那些一簇一簇看上去长相刻薄的芨芨草，张牙舞爪，像插在地上的无数根毛衣针，由于同样缺水，细长叶子的顶端汲取不到水分，它们呈现下绿上黄的颜色，更像一个一个染黄发时间过久未及补色的聚众小痞子，反正，牛和羊是不敢惹它的。

我颇为失望，问母亲："就这样了？"

母亲说:"一场雨就绿了。"

不出半个小时,轿车抵达鄂温克旗西索木。

索木里不见羊群,羊都要在草原深处的草库伦里放牧,瓦日姨夫的几百头羊交给羊倌看管。可牛是每天傍晚都要回家的,我对牛这种动物有特殊的情感,母亲和老姨都写过关于牛的故事,她们的生活来源是我曾经热衷养牛的姥姥。姥姥去世早,我对她全无记忆,然而牛和姥姥,在我的脑海中像两种本来无关的化学制剂相互作用,使得两者都充满一种温暖且神秘的气息。

听二表舅讲了一下午草原上的传奇故事(他还说许多外地客人来到草原上喜欢跟牛粪堆合影,我也这么做了,作为燃料的、被垒得整齐的牛粪是草原上一道风景线),我与母亲在西索木中央的水泥道上散步,遇上正在归家的牛群,我便兴致勃勃地向牛们冲了过去,企图趁其不备摸抓一把。老牛们也不惊慌,慢悠悠地甩着尾巴与我保持距离,小牛们显然更为认真,总是立在那里直勾勾地盯着我,与我对峙,见我更近,先撅起尾巴。母亲说,那是准备逃跑了,果然,我再迈一步,它便一溜烟儿蹬着蹄子跑开。

天空中布满赤云,不像在莫力达瓦,云还可以在楼宇和树木之间神神秘秘,在草原上,这赤就是无遮无拦,就是一展到底,像是一场大火烧到天涯海角,只有黑夜才能将它熄灭。

火烧云，象征思念，也象征晴朗，对我来说可不是什么好消息。

与母亲继续东行，到了索木边缘，有一处洼地，洼地周围的草略显丰茂，不远处还有散养的马群，不失为一个拍照留念的好景致。我便坐在地上，以草为毯，以马为幕，拍了一张照片发布到网上。

在一处洼地冒充茂盛的草地拍旅游照

了解情况的人立马戳破我的作假。生长在西索木的蒙古族作家照日格图在微信上与我聊起干旱，我抱怨景色难看，他却说，他的弟弟告诉他，由于没有草吃，羊的眼睛都快瞎了。这同时也意味着，牧民们无法为牲畜储备过冬的草料。

次日，我们前往湿地游玩。途中见割草机在忙碌，将尚还青绿的芦苇打成一捆一捆，表舅说："草好的时候，谁吃这个啊！"而这一捆一捆比草粗硬的芦苇也将在秋冬作为草料卖给牧民。表舅还说，在这样的年头，一头羊可以把自己吃进去——维持一头羊生存的成本与将它卖掉持平。

我于是才真正开始期待下雨，不只为满足我的双眼和些许虚荣心。

每晚和母亲例行散步，我依然逐牛追狗，但我们也用些时间非常虔诚地观察天空中云朵的颜色，并有些神叨叨地念着龙王的名字，祈求降雨。

有一晚，风刮得有些异样，从地极处有灰黑色的大片乌云乘风而来，气势逼人，像铁骑大军即将挥刀袭敌。我和母亲速速加紧步伐回到住处，幻想着将一整晚听雨声在屋外丁零，草原将重新焕发生机。然而这乌黑的铁骑大军如同魂灵没有实体一般，很快消散了，只有轻微湿润的地皮能证明他们曾经一扫而过，并未驻足。

那似乎是我在西索木的十日唯一一次有乌云的身影。离开草原回到城市，对干旱和牧民的担忧也一并留在远方，因为那时我并不知道一个夏天的干旱是可以在冬天夺取生命的。

草原、敖包与牧人

  2017年初，认识了一位真正将自己置身于草原的蒙古族作家——黑鹤。他接纳草原上的极寒酷暑，接纳草原上的粗粝无情，然后将它们用内心的柔软融化之后记录下来。在他的一篇访谈里，记者写道：从未见过一个作家指甲里沾满泥土。当时记者在采访他的时候，他正在帮邻居大叔家一匹营养不良的马重新站起来，如果那匹马不能重新站立，它在草原的寒冬面临的只有死亡。

  当问及那匹马是如何倒下的，他告诉我，由于去年的干旱，马在夏天汲取的营养不足，而秋冬，牧民们大多数买不起太多草料，这匹马之所以被帮助，还是因为它是一匹寄养的马，如果是大叔自己的马，只能任它自生自灭。

他后来在自己的公众号详细写了几日搬马救马的经历，然而那匹马终究没有抵抗得了严酷的草原。

这匹马尚还幸运，临死之前得到了救助，甚至被记录了下来。我想，一定还有许多许多牲畜同样在去年夏天没有吃到足够的草，没能储备丰厚的营养来抵御寒冬，在广袤的草原上，在牧民也许知情也许不知情的情况下，就那么无声无息地死去了。牲畜减少，牧民的生活只会愈加艰难。

艰难，这只是我作为一个在远处观望的人尽我所能概括的词语。牧民们真正面临着什么，是我这个过客永远无法想象的。

"还是干旱。"

这是小表哥对我关切询问的回答。

我想起去年夏天那个有乌云到来的傍晚，我和母亲心中充满热望，我相信在那一刻，草原上所有的生命都和我们一样举头凝望着那片乌云，将自己的命运抛给了它。

我又想起许多歌唱草原的歌曲。

"蓝蓝的天上白云飘，白云下面马儿跑。"

"白云朵朵飘在，飘在我心间。"

每个傍晚不愿失约的美丽晚霞如同干旱的红色警报

白云无比美丽，比白云更美的是赤云，然而它们只与美有关。

乌云压顶，暗黑无边，虽然它不被歌唱，可它带来的是雨水，它与生命有关。

这是6月，这个夏天刚刚开始，也许今年我不会再踏足草原，也许依然作为一个过客去看一看，我从不奢望能够了解草原，但这并不影响我在远方为它深深祈祷，祈祷一片铺天盖地的乌云将它笼罩，毕竟只有饱含雨水的乌云才能带来希望。

信无收件人

一、心之寻

亲爱的 M：

北方的冬天，阳光总要迟迟才肯笼罩草原。

斯日琪玛的歌声，引领我去谛听心中的一片辽阔。歌声如同北极星，只要它在闪烁，我便永远不会迷失前进的方向。

在前夜，同样的月光高高悬挂，同样挥洒向远方的你，我曾将一丝温暖递给月亮，让它代为传达；歌声也如同月光，在寒夜中流淌，一直流淌，直至我们互相连接的心中，我听到了你无声的嘱咐和最真实的幸福。

亲爱的 M，你可曾知道？我曾经迷乱，我一度迷惘，我试图逃避。

我一直在寻找，却不知应寻找什么；我看不见路，如同匍匍在地的藤蔓；我怀着另类的痛楚穿流在人群中，却听不懂他们的语言；我只看见他们狰狞的脸和凶狠的目光，不停地穿透我脆弱的灵魂。我只看见炼狱之火在焚毁我洁白的眼睛。

这是个污浊的世界，这是个嘈杂的世界，这是个堕落的世界……

母亲，却不曾远离我，在我匍匐的路上，她一直在呼唤，用她的泪水洗清这路上肮脏的颓废，用她的心血做成一条线，牵引着我，不让我坠入深渊。

我匍匐向前，纵然没有双眼，纵然面对的是一片漆黑，因为我相信，征途的前方不会只有荒芜，因为，我要用心去寻找——寻找一片纯净。

我用鲜血清洗了污浊，用宁静闭塞了嘈杂，用骨气摧毁了堕落。

鲜血熄灭了那炼狱之火。我在歌声中复明，看见了母亲的笑脸；我在爱中缓缓站立，却望见我一直寻找的纯净就在不远的地方。

母亲的爱，是世界上最纯净的。她一直洗刷孩子们的罪孽，承受孩子的错误，那最最纯净的东西，是永恒的，她就在天边，用爱的纯净引领孩子寻找精神的纯净。那爱，我们用心去承接，捧在心里最深的地方，聆听无瑕的呼唤。

《心之寻》唱着对母亲的呼唤，荡漾在草原的每一寸土地上，那苦苦追寻的路上，洒满了对母亲的感激和爱；那苦苦追寻的路上，是母亲的爱一直陪伴。

让我们共同聆听这声声呼唤和感恩，母亲的爱永远不会走远，我们的泪水，她看得见，我们的感激，她用心接纳。

亲爱的M，我跪拜佛祖和神灵，感激他们让你出现在我的身边；我跪拜母亲，她赐给了我生命和无穷无尽、无私的爱；我拥抱所有爱我的人，没有他们，我也从未觉得世界如此美好；我亲吻在某个尽头的纯净，我总会将她捧在手里。

亲爱的M，我已经踏上了征途，斯日琪玛的歌声，就是我寻找的开端。

亲爱的M，相信我，我们共同寻找的前方，会是一片无尽、一片辽阔、一片纯净。

2007.11.22

二、说说草原

亲爱的M：

我出生在草原，却未曾与它满怀拥抱。

我如同站在天边瞭望日出一样瞭望那一片绿野茫茫，我憧憬，可以躺在草原的怀抱里仰望蓝天——那与她的美丽密不可分的清新。

　　我曾经踏足草原，在我还不懂得草原的年龄。

　　我的脚轻轻踩在那对我耳语的青草上，露珠打湿了我白色的布鞋，草原将我环绕，我却没有张开双臂将它拥抱。弹指一挥间，我不曾意识到，那是我出生的地方；我不曾感觉到，我呼吸的是青草的味道；我不曾体会到，那亲切的灵魂近在咫尺。

　　我曾经目睹草原的尸体，在风的摧残下颠沛流离。她无奈地漂泊在空中，她没有眼泪，只有干枯的绝望随着狂风，乱舞。她无奈地撞击着她的孩子们，渴望有人为她流下眼泪，渴望滋润。沙打在我的脸上，生疼，我的心为我的母亲生疼，可更多的是人们的麻木。

　　草原正在死去，草原哭着，她的眼泪是干的。

　　我们正在死去，因为我们不会哭。

　　亲爱的 M，我相信，如果草有轮回，它会接纳我们的眼泪，送给草原的眼睛。河流淌出一条纯净的路线，我们沿着她的脚步前行，她便流淌在我们的心里，我们的眼泪是她永不干涸的源头。

　　草在低语，虽然不在耳边，我听得见它的渴望；河在歌唱，

母亲和四年级的我在已经消失的老山头

虽然奔腾远方，我听得见她的呼唤，于是，我把他们装进心里，流下了眼泪。

草原的冬天刻骨寒冷，纯白的雪花是神对我们诉说的故事，它将草原覆盖，沉睡了那久久的绝望，期待生命冉冉再生，期待生机勃勃，期待涌成河流的眼泪，期待纯洁的灵魂在草原上游荡。

亲爱的 M，我在寒风中站立，我知道那是来自草原的亲吻，呼唤着我曾经沉睡的灵魂，呼唤着我深藏内心对她的爱——如此猛烈，如同我的爱。

亲爱的M，在这样的冬夜，我们共同瞭望那孕育生命的草原，用我们的灵魂瞭望着，泪流着，草原会在我们的泪中，繁茂到永恒。

我铭记我是草原的孩子，我将草原对我的呼唤留在心底，因为我会随着这呼唤前行，我会在呼唤中奔入她的怀抱——因为在草原最深的地方，是尽头，是纯净。

2007.12.12

三、心灵色彩

亲爱的M：

在红螺寺的半山腰，我不知道也不敢知道自己走了多少级台阶。

我无法不提及恐惧，也摆脱不了已经软弱的四肢和反复提出抗议的心脏。但引领我的，是你坚毅的笑容和我始终自信的心灵——她坚信自己是无比坚强的。

虽然，我没有攀缘到那离神圣的呼吸最近的地方，但我没有遗憾，我在途中没有瘫倒在已经萧瑟的枫林中——若瘫倒，我的心灵便被抹杀了眼界。

看着当日寥寥的几张照片，妈妈说，我的眼睛是清澈的。

手中握有心灵的人，永远不会丢失清澈。手中握有心灵的人，那心灵永远不会沉睡——它拥有善良，拥有单纯，拥有美好。

眼睛是心灵的窗口

亲爱的 M，人们的心灵拥有色彩吗？

最初的心灵以水的形态流淌，沿着我们温暖的眼泪和炙热的鲜血寻找到一个归宿。我们可以说它是红色的，或它是透明的。当拥有阳光时，我们的心灵便接纳了一切色彩。

我无法停滞，不论行走在似乎无尽的山路，还是望似虚无的通向理想的历程。它也许不是一条路，抑或崎岖，它始终可定义为旅途。我们从不沉睡的心灵拥有洁白的眼睛，它能穿透一切阻碍，它看得见真实或真挚，它在弥漫茫雾的旅途中，始终引领着我们的脚步。

亲爱的 M，我们都是透明的。

当诅咒涌现，当谎言蔓延，当误会滋生，我们唯有服从自己心灵的教诲。沉痛太易泛滥，因心灵太过脆弱；眼泪太易迷漫，因心灵太过柔软。

柔软的脆弱的心灵从不曾死亡。

当风雪来临，我们也不曾恐惧。如你所说，我们流淌的是鲜血，终将超越一切。心灵啊，可以容纳一切苦难，却无法容纳泪水，因为泪水正是它的形态，因为心灵是我们泪水的源头。

当互相拥抱，当互相信任，当互相关爱——这一切美好源自鲜血不曾干涸的心灵。纵然有太多太多的感伤或太久太久的痛苦，我们的心灵始终屹立，始终没有停止步伐——它终将到达一个彼岸，那里生长着一棵树，给予我们甘甜的果实。

亲爱的 M，我们的心灵总是以一种隐秘的形态呈现吗？我们似乎永远无法想象它的形状，也无法描摹它的宽广。

我们唯有沉静。

此刻，我听得见心灵流淌的声音，它喃喃地诉说着。

是的，我们唯有沉静，我们才听得懂心灵的语言。

2007.12.18

四、关于永远

亲爱的 M：

竟然那是第一场雪吗？它飞舞得那么从容淡定，丝毫没有被刻录上瞬间消融的恐慌。亲爱的 M，孤行在雪中的你是否许下了一个愿望？有一个来自从前的传说——在第一场雪下落的时候，第一个许下的愿望一定会实现。

传说总是关联着美好，传说却似乎从来无法约束永远。

在我的记忆中，"永远"，这两个字眼从未被谁注释过。它一经出现，便永远成为一个只可意会的词语。永远是一个形容词，或者是一个距离，或者是一个久远之前就流传而下的梦想。

永远，让我联想到深情、寒冷、背叛。

它总是从爱人的嘴中频繁喷涌，哪怕这两个音节在瞬间就成为过去，它还是成为诺言中不可或缺的元素。

爱人的诺言绝不是谎言，他并非有意将诺言粉碎，他无法料想，只因永远本身就是一个无法触及的遥远——遥远得让人觉得太冷太冷，冷得让人们对背叛无奈。背叛的并非诺言，也并非时间，而只是一个距离，一个让我们对渺小都有了切肤体会的距离。

我们都在不停地行走，在追寻一个彼岸，倒不如说在追寻一个轨迹——它的确通向永远。我们在前进的同时，"永远"却没有接近，因为"永远"也不曾停下脚步，它要记载这条太过奔涌的历史长河。

亲爱的M，你说，只有瞬间，没有永远。

是的，瞬间可以属于我们，而永远太过悲壮，我们只能在过程中凝视它远去的影子。永远不是一个驿站，我们无法途经；永远不是一个终点，我们无法抵达。

我们都在一望无际里疲倦了，身后是一览无余的历史，眼前是不见边际的未来，这是堪称永远的距离，而我们无法用肢体去丈量这样一个深不可测的距离。

我们可以凝视。

这与浪漫无关，与幻想无关。

我们可以思索。

这是我们可以谱写的理由。

可以丈量这样一个距离的，是思想和崇高。亲爱的M：我们站在这里，在这不仅仅属于我们的时空里，凝视，并思索。

那么，永远也就成为一个瞬间。

2007.12.22

五、午夜与梦

亲爱的 M：

　　午夜，就像一片四季不融的冰凌。

　　午夜，美丽而又神秘，遥远而又深邃。那是我害怕孤身触犯的一个境地，却在香烟和音乐的环绕下，曾频频与它相拥——若人们可以感受寒冷，那么在午夜就会看到缄默的双唇也有白色的雾气缥缈而出。

　　我不属于月光，因我要追寻太阳。我便沉睡。

　　午夜与噩梦有关，午夜是神诉说预言的时刻。

　　亲爱的 M，你提及梦境和雷声，那是属于你的，神的秘语。我一直相信预言不是一个遐想，如同我渴盼倾听神语的教诲。我也一直相信，梦境是我们从来无法破译的谜语，是预言。

　　我的确从不善于猜解谜语，面对以噩梦的形式浮现的预言，除了狂躁的心跳和恐慌，我无能为力。

　　存在噩梦。存在桎梏的枷锁和鲜血淋淋的逃犯，存在巫毒的诅咒和阳奉阴违的笑容，存在一只血红的眼睛、一只地板下的眼睛、一只墙后的眼睛。

眼睛说，他在茫然凝望。我却看到了窥伺。

这是另一种语言，是破碎的意向，是深刻的预言。

亲爱的 M，你说，可以预言的是神，而我们是人。我们只能体会离奇的梦境，经历离奇的人生，这并不是一个巧合。我们无法否认灵性的力量，但我们无须恐惧——我们之所以恐惧，那源于我们柔软的心灵，这与神灵的安抚有关。

人们在泛滥的麻木中已经缺失了博大，丧失了仁慈，因此，拥有心灵是珍贵的。它可以承接清澈，承接神的语言。

那是无谓的颤抖。亲爱的 M，你梦中的雷声是神的秘语；而我梦中的眼睛，是神的目光——那不是窥伺，是凝望。预言，从不晶莹剔透。既然我们无法破译，我们便珍藏，它始终是神示的语言。

亲爱的 M，在午夜，我们共同祈祷，向神灵祈祷并许愿——我们自始至终，需要一个静谧的心灵，一个纯净的心灵。

亲爱的 M，人们总是需要洗涤心灵——用善良，用宽容，用忍耐，只有清澈的心灵才能接受神灵的庇护！

2008.1.1

六、净水之源

亲爱的 M：

  我素来对水都有一种特别的情感。我不敢说我是水的孩子，因我缺乏她所拥有的气质，我只能说，在我生命伊始的地方有净水流淌，于是，我便拥有了眼泪。

  我曾试图投进她的怀抱，那是一种梦幻般的柔软。

  在梦里，我可以弥漫，可以渗透，可以环绕，可以倾泻。也许她是温柔的，但任谁也无法使她的脚步顿停，她依然博大，可以容纳一切无可比拟的坚硬。

  我无须诉说人们对净水的依恋。但人们似乎已经成为净水渐亡的元凶。

  水，无处不在，水的消亡则意味着生命的终结。水，的确无处不在，人们可以用任何方式谋杀他们的母亲……

  曾经奔腾的河流，都流向了人们渴望繁荣的欲望里；曾经清澈的小溪，都淌入了人们企图昌盛的贪婪里——只剩干涸。我是草原上奔跑的灵魂，依赖草原上的滋润，草原深处是涓涓行走的山泉，供给着草原的呼吸。干旱袭来，清新的空气不再，鲜嫩的绿草不再，只剩满天满地漂浮在世间的尘土。

到处是囚笼禁锢着净水，人们的母亲成了奴隶——河流在上游被截断，承载在水库里成为发电的工具，为此，可以铲平大山，驱逐宅民，也铲平了属于童年的记忆，那么，谁来证实曾经发生过的一切？

　　如果这是一场战争，人类依然在协助已经占了上风的土地沙化，而漫天手舞足蹈的沙子并没有给人类带来新的生命，他们却在侵蚀属于人类的幸福。净水在哭泣，而她的眼泪也无力包容人类的贪婪，她的眼泪已经化作一粒盐。

　　亲爱的M，我确信，这源于人们心灵的沙化。净水的源头，在清澈的心灵深处，若心灵已经缺失了水分，那么，净水必然远逝——远逝到我们的回忆中。

　　是的，净水在呼唤，呼唤一种珍视的情感。

　　亲爱的M，让我们共同递捧掌心中来自净水透明的呼唤，让我们清澈的心灵中流淌出的净水可以洗刷人们的麻木，哪怕无法洗净贪婪，我们只需要珍视。

　　亲爱的M，我始终笃信，善良的人们无处不在，在这个近似奔腾的社会中，也许他们只是缺乏感动。若我们将双手伸出，那迎接我们的，一定会是善意的微笑！

2008.1.7